我历经一切，爱过一切，品味一切，

而如今的我，是冰冷之星，热情熄灭。

卡尔·拉格斐传

LE MYSTÈRE
LAGERFELD

[法]洛朗·阿朗-卡龙 著　　叶蔚林 译

湖南文艺出版社
HUNAN LITERATURE AND ART PUBLISHING HOUSE　　博集天卷
CS-BOOKY

谨以此书纪念

帕特里克·德·希内提

No.2
2013 年 3 月 5 日，巴黎大皇宫，
香奈儿 2013 秋冬高级成衣时装
发布秀结束后，卡尔 · 拉格斐
对台下致意

No.3

2010 年 10 月 5 日，香 奈 儿
2011 春夏高级成衣时装发布秀。
卡尔 · 拉格斐和伊娜 · 德拉弗
雷桑热等模特儿走过 T 台

No.4
2010 年 5 月 11 日，卡尔 · 拉
格斐在圣特罗佩举行的香奈儿邮
轮系列发布会上与模特儿合影

No.5
2009 年 5 月 15 日，意大利威尼斯，2010 春夏 Cruise 时装展。首场即是香奈儿专场秀，卡尔·拉格斐携模特儿出席

No.6

2009 年 1 月 27 日，香 奈 儿

2009春夏高级定制时装发布秀。

卡尔 · 拉格斐在 T 台上

No.7

2008 年 10 月 3 日，香 奈 儿 2009 春夏高级成衣时装发布秀。 卡尔 · 拉格斐和模特儿走在 T 台上

No.8
2005 年 3 月 4 日，香奈儿 2006
秋冬时装发布秀。卡尔 · 拉格
斐和模特儿走在 T 台上

No.9
2004 年 3 月 5 日，香奈儿 2005
秋冬高级成衣时装发布秀。卡
尔 · 拉格斐走在 T 台上

No.10

香奈儿2004秋冬时装秀。卡尔·
拉格斐和模特儿走在 T 台上

No.11

2002 年 10 月 8 日，香奈儿 2003 春夏高级成衣时装发布秀。卡尔·拉格斐和模特儿在 T 台上

No.12

2018 年 5 月 3 日，巴黎大
皇宫，香奈儿 2019 早春度
假系列发布会

No.13

2014 年 9 月 30 日，香 奈 儿 2015 春夏高级成衣时装发布 秀，上演"时尚起义"，呼吁 男女平等

No.14
2015 年 3 月 9 日，巴黎大皇宫，
香奈儿 2015 秋冬高级成衣时装
发布秀

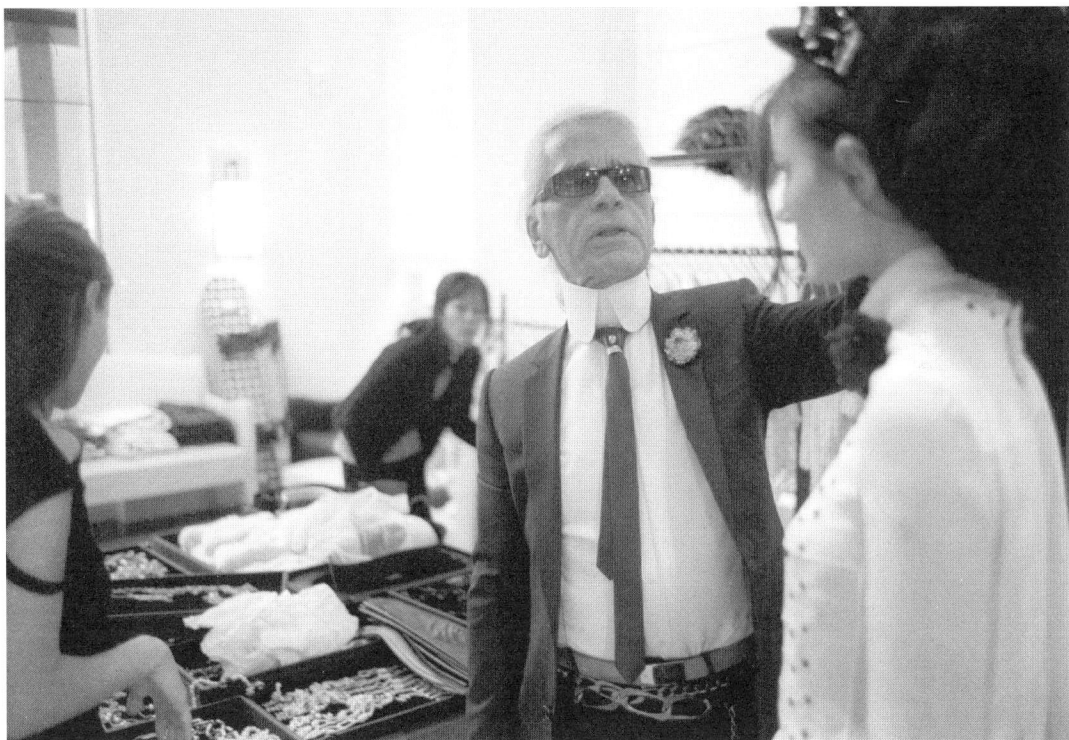

No.15

2003 年 3 月 10 日，香 奈 儿 2004 秋冬时装秀。卡尔 · 拉格斐和模特儿在后台准备

No.16
2003 年 3 月 10 日，香奈儿
2004 秋冬时装秀。卡尔 · 拉格
斐和模特儿在后台合影

No.17

2018 年 1 月 23 日，香 奈 儿
2018 春夏高级定制时装秀。卡
尔·拉格斐和教子哈德森在 T
台上

No.18
2016 年 3 月 8 日，2016/2017 秋冬女装巴
黎时装周，卡尔·拉格斐和教子哈德森在
香奈儿秀场上

No.19

2005 年 7 月 1 日，卡 尔 · 拉
格斐和米克 · 贾格尔参加由赫
迪 · 苏莱曼设计的迪奥 2006 春
夏男士时装秀

No.20

2005 年 12 月 1 日，第 57 届德国巴姆比大奖举行，卡尔·拉格斐获奖。此奖项被誉为等同于颁发给艺人的终身成就大奖，有着极高的声誉

No.21

2003 年 10 月 22 日，卡尔·拉格斐等人在德国汉堡国际音乐学院被授予世界奖。世界奖是一项年度评审比赛，每年给通过社会人道主义或慈善原则对世界产生积极影响并支持和平、自由与宽容事业的男人颁发奖项

No.22

2004 年 12 月 18 日，卡尔 · 拉格斐和演员夏洛特 · 兰普林出席在摩纳哥蒙特卡洛举行的尼金斯基颁奖典礼

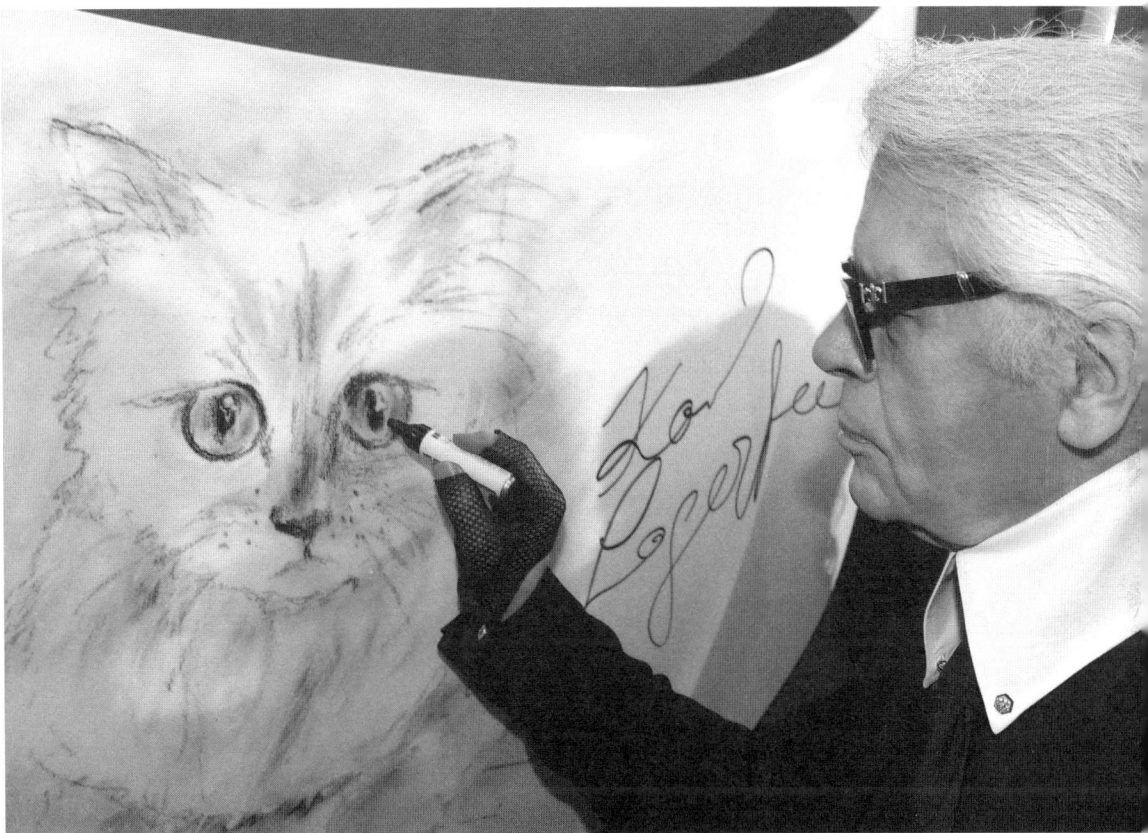

No.24

2007 年 2 月 10 日，第 57 届柏
林国际电影节，电影《拉格斐的
机密》的新闻发布会。卡尔·
拉格斐在艺术家 Moon Suk 的
帽子上签名

No.25

2012 年 10 月 6 日，卡尔 · 拉格斐在德国杜塞尔多夫参加电视节目

No.26

2014 年 2 月 14 日，卡尔 · 拉

格斐现身德国一家博物馆

No.28

2004 年 11 月 16 日，卡尔 · 拉

格斐在自己的摄影展上

No.29

2005 年 10 月 9 日，卡尔 · 拉格斐和安 · 德克斯特 · 琼斯在芬迪 80 周年晚会上合影

前　言

　　几乎每一天，他的公关传媒事务所都有一则新消息要发布，不是新合作、新建筑项目，就是新时装系列。六十多年来，卡尔·拉格斐从未松懈，他的工作节奏快如野马脱缰，不断推陈出新，每次都能完美体现当时的时代趋势。

　　他拥有举世无双的敏锐度以及在不同时代自由穿梭的天赋，这些特质让他成为独一无二的创造者。他永远在场，随时就位，模特儿们在设计得如同首饰盒般精美的布景里走秀前，他会亲自为每一位模特儿画下草图。

　　时尚界并不是唯一能窥探到卡尔·拉格斐一举一动的地方。他的光环远远超越 T 型台的有限范围。他成了一个偶像，近乎神话。他只身一人，代表了整个时尚史。

　　拉格斐是德国人，来到法国后他决心变成卡尔——这是他给自己从头到脚量身定制的对外形象，由黑、白、灰三色构成的一个行走的标志，光芒四射，全球瞩目。

　　他成功的诀窍在于控制：只活在当下，从不回顾过往。这样很难保持平衡，但恰是这种不稳定，让他得以集现代和经典于一身，超越时间，从而经久不衰。

　　传奇背后当然有个真实的男人。提到这个人，就不得不提及他的往事。发掘这个人和这段往事的秘密，那么他引人入胜的非凡成功路便有了源头。找回散布各处的精神特质，勾勒一幅肖像。

KARL
LAGERFELD

目 录

KARL
LAGERFELD

目 录

KARL
LAGERFELD

以书为袍

横幅招展，遍布街头。一场游行在城区酝酿。2016年6月，阳光照亮巴士底广场，巴士底歌剧院的墙面熠熠生辉。舞台附近都围上了厚重的黑色帘子，剧场内几乎听不见都市的喧嚣，甚至有点儿发冷。突然，一个人影从一片漆黑的后台深处走出。他自觉无人从旁观察，为了不在黑暗中绊倒，便暂时摘下了墨镜，眼神里透出些微忧伤和狼狈。舞台灯光从布景上方洒下，他朝着那片光晕走去。

记者们等了一个多小时后，总算发现了他的身影。他们拔剑出鞘般取出相机，挥动录音杆，打开聚光灯。男人直了直身，戴回墨镜，继续前行，接受一众相机的连拍。闪光灯不停地闪烁。

他就是时尚教父卡尔·拉格斐，香奈儿、芬迪及其自有品牌的多产创造者。他应巴黎歌剧院芭蕾舞团总监本杰明·米派德[1]之邀，为乔

---

[1] 本杰明·米派德（1977—），法国芭蕾舞演员、编剧，主要参演作品有《黑天鹅》《重燃芭蕾舞》等。妻子是奥斯卡影后娜塔丽·波特曼。——编者注（以后凡不属于引文来源的均为编者注，全书同。）

治·巴兰钦的芭蕾舞剧《勃拉姆斯-勋伯格四重奏》设计服装，此番前来观看排演。他身穿一件白衬衫，系一条黑领带，外搭收腰西装外套，发型是一如既往的低马尾。他的到来如同神仙驾临。他站在大厅中心观察编舞，身边环绕着一帮亲信顾问。他直视舞者们，视线片刻不离，墨镜并没有摘下。

过了将近一小时，他登上舞台。在记者们的包围下，他开始回答记者提问。技巧炉火纯青，他早已习惯成自然。数分钟内，他见招拆招，应答如流，就跟时装秀收官后接受记者采访一样驾轻就熟。在他身后，铺展着他画的巨幅深色布景。布景上呈现的是薄雾缭绕的城堡，灵感来自他此前去过的多个地方。当天下午，在巴士底歌剧院的舞台上，两个表面上天差地别的宇宙相遇了：一个是现代宇宙，撑起它的时尚偶像跟摇滚明星一样光芒四射；还有一个是怀旧宇宙，诉说着对没落旧世界的乡愁。其实二者内在紧密相连，彼此重叠。一缕忧愁令它们合二为一，眼神中的忧愁。这位时尚大帝喜欢自比黑白相间的"人偶"[1]，在这"人偶"的背后隐藏着一段错综复杂的往事。不同于"人偶"黑白分明的外壳，这段往事十分微妙。

重新隐入后台阴影中的时装设计师，仿佛用自己的传说织就了一片密不透光的幕布，形迹无踪。记者们知道此时必须关闭相机和麦克风。在这片秘不示人、未经探索的幕后区域，始终盘桓着一个谜。这个谜有时还会激起不安。

创造者一头钻进他的汽车，目的地未知。

他的公寓位于左岸河畔，面向塞纳河。这个夜晚一如往常，从他屋里漏出的白光几乎可以照亮整条河。窗户关得严严实实，从来不开。不可逾越的机密重地。这幢楼房老旧的砖墙之后，藏着占地三百多平方米

---

1 弗朗索瓦丝-玛丽·圣图奇和奥利维耶·威克：《拉格斐，激起骚动的雇佣兵》，《解放报》2004年11月13日。

的一片堡垒，装修风格极其现代，很像某种太空飞船。这里的布置让人恍如走进一部斯坦利·库布里克[1]风格的电影，家具只有灰、白、银三种色调，厨房的不锈钢冰箱里塞满了健怡可乐，仿佛历经数千年的时光，静待主人归来。唯一证明屋主近期来过的痕迹：成堆乱放的纸稿、书籍和报刊，毫不在乎地打乱了未来主义风格的室内设计，让专门规划的简洁透视线显得无所适从。这套公寓或许看起来朴实无华，实际上很注重功能性。"这里是用来睡觉、洗澡和工作的地方。"[2]卡尔·拉格斐特地说明。屋内摆着多张用可丽耐人造石料制成的桌子，其中一张桌子上放着一副墨镜。稍远处，有两只露指手套。"想象卡尔走进自己安静的房间，摘下他的墨镜、假领，解开低马尾……最后他是什么样子？无人知晓。他一辈子戴着面具过活。谁也别想让他露出真面目。"[3]《费加罗报》前时尚编辑贾妮·萨梅特表示。

卡尔·拉格斐有自己的一套习惯。"我喜欢晚上回家，私人飞机就这点好。我是正人君子，才不会在外面过夜！也是为了舒佩特。"[4]地面上映出他心爱的缅甸猫变了形的影子。不过猫主人今晚真的在家吗？这位时装设计师成功实现了一项壮举：全世界都猜不到他在哪儿，神龙见首不见尾。

沿墙装置着许多毛玻璃隔板，它们齐刷刷地沿轴转开，豁然露出一排巨型书架。数百部著作在架上叠放，从地板一直摆到天花板。书籍是

---

1 斯坦利·库布里克（1928—1999），美国导演、编剧、制片人、演员，主要作品有《闪灵》《发条橙》《2001太空漫游》《全金属外壳》《大开眼戒》等。

2 塞德里克·莫里塞：《走进卡尔·拉格斐的旗舰》，《建筑文摘》2012年6月5日。

3 与作者的对谈。

4 伊丽莎白·拉扎鲁：《卡尔·拉格斐：布丽吉特·马克龙的腿全巴黎最美》，《巴黎竞赛画报》2017年7月21日。

他的生命，阅读是"病入膏肓的执念"[1]，而且他拒绝治疗。这位创造者会同时读二十来本书，他在世界各地有多少个家，就有多少间私人图书馆。虽然他有三十万本画册、影集，三种语言的小说、哲学著作，但只有少数书籍会一直保留在身边。这些书拼出了一段历史。在这段阅读史中，生活与梦幻同步流淌。一条隐秘的线连接起萨特的《文字生涯》、爱德华·冯·凯泽林[2]的《灼热之夏》和卡特琳·波兹[3]的诗。理清这条线，我们就能明白传奇的缔造过程，明白他如何以岁月为墨汁创造出小说人物般的时尚大帝形象。

巴尔扎克的《贝姨》是拉格斐最先接触的书之一……这本小说当时摆在家里书架显眼的位置上，十岁的德国少年表达了想读的渴望。他母亲伊丽莎白的回答是，想读的话只有去学法语喀。于是他学了法语；解读了小说里的故事，并感到惊奇。"我记得三十二岁的贝姨坐在一间包厢里，颈上系着一条粉红色平纹薄纱围巾，好藏住颈纹。我对母亲说：'这傻女人为什么要系条围巾？'"[4]

一张床边桌的显眼位置上放着另一本书：《德国的文学与艺术》。斯太尔夫人用文字再现了远方的画面。作者眼中来自另一个年代的异国风光，从某种意义上又是他的国度，他的起源。这段常常被有意弃置一旁的过去或许并不遥远。

---

1 奥利维耶·威克：《书迷卡尔·拉格斐——〈执念〉副刊独家访谈》，《新观察家》2012年8月23日。

2 爱德华·冯·凯泽林，德国作家，主要作品有《灼热之夏》《在南坡》等。

3 卡特琳·波兹（1882—1934），法国诗人，作品有《最崇高的爱》等。

4 巴永：《卡尔·拉格斐，凯泽林的字里行间》，《解放报》2010年11月6日。

幽静角落里

　　最后几缕阳光冷冷照进白墙大宅的一扇窗，墙上的赭石与黑色油彩顿时映入眼帘，它们属于一幅油画。这幅画是阿道夫·冯·门采尔所绘《无忧宫的圆桌宴会》的复刻版。画家于1850年完成创作，而画上表现的则是1个世纪以前欧洲启蒙时期的场景：一场私人晚宴——普鲁士国王腓特烈二世作为典型的启蒙时期专制君主，常在位于波茨坦的无忧宫里举办这种宴会。无忧宫既是他的避暑山庄，也是他寻欢作乐的温柔乡。

　　宴会在一间圆厅中举行。屋外光线从一面落地窗照进来，落地窗外是露台花园。这道光线巧妙地融入整个画面，画中层次细腻的金褐色元素进一步烘托出餐桌上的热络氛围，在阳光映照下更添诙谐明快。科林斯式支柱托着穹顶，屋顶悬挂着一盏波希米亚风格的水晶吊灯。被九名宾客环绕的腓特烈大帝位于画面正中，转头望向身体微弓、正在侃侃而谈的伏尔泰。哲学家伏尔泰头戴假发，身穿缀以褶皱花边的淡紫色丝绒外套。

　　在离石勒苏益格–荷尔斯泰因不远处的森林里，树木高耸入云，从波罗的海吹来的风，低鸣着穿过林间，与纸张摩擦声交织在一起。在汉堡以北约45公里、巴特布拉姆施泰特小镇附近的毕森摩尔区，一名少年在他专属的房间里伏在小书桌上画画，四下安静。室内布置显得温暖而惬意：一个橱柜，一张小床，若干把安乐椅，内墙皆以蓝丝绒覆面。屋外雾气弥漫，似乎将屋内的少年吞没，让人无法看透他的年纪。

他叫卡尔，就是前面提到的那幅油画的小主人。不久前，卡尔与父母在汉堡市街头散步，经过一家画廊，对这幅画一见倾心。他后来经常跟人提起[1]，他当时应该曾恳求父亲奥托和母亲伊丽莎白为他买下这幅油画。[2]圣诞树下的礼物出乎意料。少年卡尔拆开礼品包装，发出懊恼的惊叫。他的父母选错了画。画廊橱窗前令卡尔迷恋的戴着假发的宫廷宾客被换成了长笛演奏者。卡尔立刻要求换回那幅令他一见倾心的画。他的父母只得赶紧致电画廊，画廊也只得在圣诞节休假期间破例开放。几经周折，这幅画终于近在眼前。"他应该是被画中的环境吸引了：豪华的装潢、造型宏伟的吊灯、摆满金银器的圆桌、窗外的花园景象，尤其是宾客们的翩翩风度，他们的假发和服装。"[3]"他应该很好奇画中人吃的食物和谈论的话题。"[4]艺术史学家达尼埃尔·阿尔库夫猜想道。长久凝视这幅圆桌图，远方的迷人世界揭开帷幕，大革命之前的欧洲宫廷，启蒙时期的法国及其文学、绘画、建筑，那套迷恋细节、注重雕琢的品位与文化。这幅普鲁士宫廷图的景背后，是法国凡尔赛宫与巴黎的浮光掠影。无忧宫所效仿的，正是凡尔赛宫的宏伟壮丽。而巴黎则是腓特烈二世及整个启蒙时期欧洲的典范。这些都令少年卡尔受益匪浅。

他开始深信不疑：将来，他也会变成画中人的样子。早在六岁时，

1 玛丽-克莱尔·保韦尔斯：《了不起的卡尔》，《观点》2005年7月7日。

2 雅克·贝尔图安：《卡尔·拉格斐：奢华世界的边缘人》，《世界报周日版》1980年4月27日。

3 《一日人生：卡尔·拉格斐：真实与显影》，洛朗·阿朗-卡龙导演，磁电传媒制片，法国电视二台，2017年2月19日。

4 与作者的对谈。

他就在母亲客厅的阳台上，"想象自己变成故事书里的人物，感觉自己变成了传奇，自言自语：'我知道自己会成名，全世界都会知道我的名字，太奇怪了！'"[1]。这个念头挥之不去，最后几乎到了吞噬他日常生活的地步。卡尔所处的家庭环境与世隔绝，很难相信当时正是1942年，距离丹麦边境不远处，第二次世界大战正在撕裂整个世界。

拉格斐一家在汉堡富人区布兰克内瑟也有宅邸。全家在布兰克内瑟与毕森摩尔之间多次往返后，最终选择了这座约十年前买下的砖石结构的大白房子，定居毕森摩尔，静待战争结束。他们的选择很明智。因为1943年，汉堡正处于英美联军的轰炸之下。英国皇家空军与其盟友美国空军派出多架空中堡垒轰炸机，夜以继日对准汉堡投放大量炸弹。汉堡是"大日耳曼帝国"的主要出海口，在战略上就像一个震源，直捣其海军力量。那个夏天攻陷汉堡城的轰炸行动被命名为"蛾摩拉"行动，援引天火的典故：如同上帝在罪恶之城索多玛与蛾摩拉降下烈火和硫黄。一周内三万五千人丧生。汉堡部分被毁。浓烟滚滚，直上云霄。

与此同时，少年卡尔大部分时间在自己房间里闭门不出，幻想一个理想的欧洲，在想象中游历梦幻般的欧洲各地。他知不知道德国正在纳粹的魔爪下浴火浴血、四分五裂？"我待在仅存的一片什么都没发生的地方。我运气好到离谱，完全没被影响到。"[2]他在2015年坦承。

巴特布拉姆施泰特确实没有经受轰炸。不过罗纳德·霍尔斯特认为，"当时已经十来岁大的卡尔·拉格斐绝对不可能意识不到战火肆虐"[3]。这位历史学家表示，巴特布拉姆施泰特位于汉堡和基尔之间，从那里可以看见攻击汉堡和基尔的轰炸机。轰炸过后，九十万人被迫背

1 《卡尔·拉格斐：大型采访》，弗朗索瓦·比内尔，法国国际广播电台，2012年11月23日。
2 《长沙发》，马克-奥利维耶·福吉尔，法国电视三台，2015年2月24日。
3 与作者的对谈。

井离乡，逃到一切可能的避难所，尤其是巴特布拉姆施泰特。"公寓、车间和商店都被征调共享。拉格斐一家不可能居住在完整的私人房产里。"[1]历史学家补充道。

　　住处被毁坏的西尔维娅·亚尔克及其父母一路逃离汉堡火舌遍布的街头，来到毕森摩尔庄园。西尔维娅生于1934年。她当时只有十来岁，却清楚地记得，在初来乍到的她眼中，这片庄园简直有如天堂："这是一座老房子，有许多支柱，入口是白色的，就像被施了魔法的小城堡——以孩子的眼光看来是这样没错了。然后，还有一间大厅。"[2]在这座美轮美奂的大宅中，她全家与其他人合住，被安置于顶楼的各个小房间。进入白房子要经过一条蜿蜒的小路，两边种着橡树和桦树。这个庄园宽敞、舒适，俨然一处度假胜地。二楼有个阳台，几乎可以当走廊用，整个二楼有三分之二都被阳台围住。一段楼梯，孩子一跳就能跨越。一条宽阔的檐廊，细瘦的廊柱支起屋檐，遮风避雨。若干藤制扶手椅，一张用于放置茶水和糕点的茶几。一侧是塔式建筑，状若巨型凉亭，上有四坡屋顶。

　　难民和拉格斐一家人的关系虽然疏离，却互相尊敬。西尔维娅说："我害怕拉格斐先生和太太。他穿深色西服套装，戴着一枚纹章戒指。"[3]"她身子永远挺得笔直。我觉得卡尔的母亲很严格。我从没见过卡尔的笑容。（卡尔）头发浓密，发色较深，眼睛炯炯有神。他非常安静，彬彬有礼。他不是那种喜欢惹事的淘气包。"[4]西尔维娅和卡尔年龄相仿，她却很少看到他。

1　与作者的对谈。
2　《一日人生：卡尔·拉格斐，真实与显影》，前引。
3　与作者的对谈。
4　《一日人生：卡尔·拉格斐，真实与显影》，前引。

少年卡尔虽然尚未完全明白事理，但当时灾难的阴影是否渗入他心中，波及他的日常生活，哪怕只产生部分影响？"父母一直把我保护得很彻底，营造出家园坚不可摧的假象。"[1]他解释道。若说他被保护有加，那是因为他是最小的儿子，而且他很会讨人欢喜。不同于姐姐玛尔塔·克里斯蒂亚与特亚，他从不反抗权威。姐弟间的差异不止这点。玛尔塔·克里斯蒂亚像个假小子，会和当地农民的儿子一起在毕森摩尔森林里爬树、狂奔。卡尔虽然喜欢庄园周围的奶牛，却并不为田园游戏着迷。埃尔弗里德·冯·茹阿娜与拉格斐家的保姆相熟，忆起保姆披露的旧事："他不怎么爱姐姐们。他确实常和她们一起玩，饶有兴味地为她们穿上旧衣服，但姐弟之间缺乏亲近感。"[2]卡尔这样解读姐弟间的冷漠关系："不是说我不爱她们，而是彼此没有交集。"[3]少年卡尔选择与大人为伍。

父亲奥托是博学之士，会说九种语言。工业革命期间，白手起家者们创下了不少励志神话。奥托就是这个群体的代表。他简直像从儒勒·凡尔纳、约瑟夫·康拉德或大仲马的小说里走出来的人物。1906年，他亲历旧金山大地震，见证整座城市被摧毁，三千人葬身于瓦砾之下。罗纳德·霍尔斯特表示，鉴于这次经历，奥托·拉格斐会反复宣扬如下建议："地震时要待在门边，门不会塌。而墙会塌，看好墙会朝哪边塌，然后反方向夺门而出。"[4]地震发生数月后，奥托为了销售三花炼乳，跑遍远东的俄罗斯诸城，如符拉迪沃斯托克（海参崴）、哈巴罗夫斯克（伯力）。在西伯利亚铁路线上，他是一等车厢的常客，一路驰骋荒原，跨越广袤无垠的黑龙江沿岸……

---

1 玛丽-克莱尔·保韦尔斯：《了不起的卡尔》，《观点》2005年7月7日。

2 《一日人生：卡尔·拉格斐，真实与显影》，前引。

3 玛丽安娜·迈雷斯：《卡尔·拉格斐的小圈子》，《嘉人》2005年7月1日。

4 与作者的对谈。

按照卡尔·拉格斐的说法："1914年战争过后，（奥托）开始将炼乳卖到德国和法国。然后跟美国人合伙在这两国建立工厂。"[1]他的生意蒸蒸日上。1939年，奥托年事已高，不便在第一线奔波，却还是继续工作，经常离家很远。"他的幸运草炼乳公司设在汉堡。最近的工厂距离公司100千米，其他几间工厂距离公司800千米。"[2]罗纳德·霍尔斯特回忆，并补充道："他要定期前往名下的三间工厂，所以常常不在家，完全不管孩子们的教育。"[3]奥托当时将近六十岁。在儿子眼中，他是可敬的长者。"我见到他的机会不多。他只爱工作，不苟言笑。他是一个值得仰慕的人，比我母亲和蔼很多，却并不有趣。"[4]

奥托·拉格斐是不是为了弥补自己的缺席，才这么溺爱儿了？奥托会定期带回几本儿子最爱的德国讽刺漫画周刊《痴儿》。这些杂志是少年卡尔的灵感源泉，布鲁诺·保罗[5]等杰出插画师笔下的人物轮廓令他大开眼界。埃尔弗里德·冯·茹阿娜表示，画画"是他独处时的主要活动。他很讨厌被打扰。他尤其爱纸，但只爱一片空白的纸。纸上哪怕有一丁点儿笔迹，他都不能接受。还是个孩子的他已经可以画些小型肖像，大家能认出画的是谁"[6]。

1930年，奥托和伊丽莎白结婚，他已经四十九岁了，她才刚满三十岁。年长的奥托外冷内热。"他对我说：'想要什么告诉我，只要别当

---

1 安妮-塞西尔·博杜安和伊丽莎白·拉扎鲁：《卡尔·拉格斐，天生巨星》，《巴黎竞赛画报》2013年4月25日。

2 与作者的对谈。

3 《一日人生：卡尔·拉格斐，真实与显影》，前引。

4 玛丽安娜·迈雷斯：《卡尔·拉格斐的小圈子》，前引。

5 布鲁诺·保罗（1874—1968），德国建筑师、设计师，新艺术运动时期德国青年派的重要代表人物。他是德国工厂联合会和德国手工工场作坊创始人之一，曾任柏林美术学校校长。

6 《一日人生：卡尔·拉格斐，真实与显影》，前引。

着你母亲的面。'"[1]卡尔回忆道。父亲奥托弥补了母亲伊丽莎白不能给予儿子的部分，首先是温柔的关怀。"我母亲反复对我说：'想说什么蠢话就快点说完，不要浪费时间。'"[2]卡尔·拉格斐常常提起，同时毫不吝啬地列出一大堆残酷无情的例子，"她净对我说各种可怕的话：'看来我必须找一个挂毯商，你的鼻孔太大了，必须找人装个窗帘。'有人会这么跟孩子说话吗？我当时迷恋蒂罗尔帽，她就对我说：'你看起来像个上了年纪的女同志！'"[3]当他长长的黑发在脑袋两旁形成茶杯的一对把手的形状，"我母亲对我说：'你知道你像什么吗？一只斯特拉斯堡制造的陶罐。'"[4]。她不想被儿子拖住，懒得听他对各种奇奇怪怪的话题发问，于是习惯性地用讽刺挖苦让小跟屁虫知难而退。"小卡尔试过学钢琴。他上钢琴课，不时弹奏一曲。"[5]德国历史学家罗纳德·霍尔斯特说。历史学家还表示，一天，卡尔正用家里的钢琴练习，母亲突然发话："别弹了，很吵。画画去吧。起码能安静点儿。"[6]

他的母亲，热情而锋利，叛逆却又从骨子里散发出贵族气质，社交应酬时态度高傲，待下却礼貌有加，脾气恶劣而不失可爱，十分有趣。他的母亲，集悖论和典范于一身。"我的父母各司其职：父亲纵容我无所不为，母亲当头棒喝，约束我安守本分。"[7]

没错，伊丽莎白能让这个头脑发热、胆大妄为、把自己想成世界

1 安妮-塞西尔·博杜安和伊丽莎白·拉扎鲁：《卡尔·拉格斐，天生巨星》，前引。

2 让-克里斯托夫·纳彼亚斯和帕特里克·莫列斯：《卡尔看世界》，弗拉马里翁出版社，2013。

3 奥利维娅·德·朗贝特里：《我只会画画、阅读、说话》，《ELLE》杂志2013年9月27日。

4 克里斯托夫·奥诺-迪-比奥：《卡尔·拉格斐看人生》，《观点》2012年11月1日。

5 《一日人生：卡尔·拉格斐，真实与显影》，前引。

6 同上。

7 让-克里斯托夫·纳彼亚斯和帕特里克·莫列斯：《卡尔看世界》，前引。

中心的少年冷静下来。有张照片记录了卡尔四岁时的样子。他骄傲地显摆德国北部当时没人会穿的奇装异服：一条吊带皮短裤，以及带有巴伐利亚民俗特色的绿色礼服；他两手插袋，脑袋微倾，透出一点儿挑衅意味。

面对母亲的羞辱，少年卡尔没有逆来顺受，而是借此机会学习思考，汲取养分。一方面出于轻微的恐惧，反抗者们命数已定，比如姐姐们很快被送去寄宿学校；另一方面主要是伊丽莎白的绝对权威令他着迷。"她凶狠又滑稽的实用主义，总能令我大开眼界，赞叹不已。"[1]他后来谈及这位优雅的女性时坦言。她热爱古典音乐，是小提琴手，学养深厚，能将西班牙文的哲学字句译成德文，平时惯于发号施令，同时手不释卷斜倚在书房扶手椅上。

她的过去和出身都笼罩着一层传奇的光晕，卡尔·拉格斐亲口证实了这一点："我母亲总对我说：'我的童年，还有我认识你父亲之后的事，你都可以问我。中间那段时期与你无关。'"[2]这位女性在20世纪20年代到底经历了什么，值得如此保密？她是否如传记作家阿莉西亚·德雷克所言，"初识卡尔父亲时，在柏林一家女性内衣店当销售员"[3]？还是说牧羊女本是流落民间的贵族？2003年，卡尔·拉格斐向记者贝尔纳·皮沃透露，伊丽莎白"父亲是一位普鲁士高级法官……祖父在德意志皇帝威廉二世治下任威斯特法伦行政长官"[4]。无论如何，孩子对母亲似乎怀有无尽的爱。

---

1 克里斯托夫·奥诺-迪-比奥：《卡尔·拉格斐看人生》，前引。

2 安妮-塞西尔·博杜安和伊丽莎白·拉扎鲁：《卡尔·拉格斐，天生巨星》，前引。

3 阿莉西亚·德雷克：《美丽的名流》，德诺埃尔出版社，2008；伽利玛出版社，"Folio"系列，2010，参见第263页。

4 《两个我》，贝尔纳·皮沃制片与主持，贝朗杰尔·卡萨诺瓦导演，法国电视二台，2003年2月27日。

一小时接着一小时，一天接着一天，时光流逝，没有什么分明的节点，只有窸窸窣窣的节奏，书页翻动，铅笔在纸上游走。少年继续阅读、做梦和画画，在白房子里与世隔绝，参天大树形成的屏障尚未被现实撕裂。"那时的我活在某个过去的时间点，我对它一无所知，却能想象。"[1]

父亲送的杂志，还有门采尔的画，它们都隔绝了现实，缓和了空袭的暴力。完全就像不知不觉中，少年复活了那些被战争和炸弹毁掉的东西，维系其生命，奉为圣物：那样的旧世界，那样的德国风光，可以看到别致的旅店、设有串联式会客沙龙的宫殿、珍贵的细木墙裙、绘有蓝天且蓝天上挤满小天使的天花板、矗立着雕像的花园、多变的园林流水设计、秘密的角落；所有的精致和考究，在18世纪表现得登峰造极。他将自己的房间当作基地，为自己的世界添砖加瓦。只为对抗不那么华丽的现实。

---

1 《卡尔自说自画》，卢瓦克·普里让导演，故事盒子制片，德法公共电视台，2013年3月2日。

锋芒毕露的孩子

　　每天早晨，西尔维娅·亚尔克独自一人穿越森林，走过遍布奶牛的草地，前往巴特布拉姆施泰特学校。卡尔上学相对不是那么规律。他倾向于自己选择感兴趣的科目。他讨厌老师，讨厌他们教的东西，"……（他们）总是反复对我讲同样的事：'你们只知道说话，但实际上，你们什么都不懂。'"[1]。

　　他已经可以熟练运用德语、法语和英语。他们还能教他什么？卡尔就像个小大人。由于智商高出同龄人太多，他对其他孩子没什么兴趣，只是一个劲儿地画画。"他的教室在我教室的楼上，我们的美术老师是同一个人。有一次，卡尔在白纸上用黑线条画了一幅滑稽讽刺画，画中他的数学老师手拿刀叉大战捆肉卷的线。这幅画曾在学生宿舍展出。它很写实，所以我印象很深。"[2]西尔维娅回想道。

　　卡尔在一旁观察，分析。他磨炼自己的眼光，默默抵抗人群。西尔

1 奥利维耶·威克：《书迷卡尔·拉格斐——〈执念〉副刊独家访谈》，前引。
2 与作者的对谈。

维娅补充道："他在院子里远远地站着，不和其他人一同起哄，他不想引人注意。"[1]卡尔后来坦言，自己同伴很少，他会毫无顾忌地指使他们做"所有自己不想做的事，比如洗自行车。但写作业肯定不行，他们太平庸了"[2]，语中不失调侃。

卡尔提及他看了迈克尔·哈内克[3]的《白丝带》之后心烦意乱。影片的故事发生在第一次世界大战前，地点与卡尔长大的村庄相隔十来公里。"我为此病了三天，因为电影里描述的事件我基本都经历过。我逃离了这些可怕的人。"[4]三十年来心理创伤未曾减退。

少年卡尔和同学之间的反差在动乱时期尤为明显。罗纳德·霍尔斯特忆及"男孩到了这个年纪都要被迫参加希特勒青年团的活动，管理者是一群特别激进的小伙子，他们强制要求所有人参与夜间集会。缺席者会遭受百般凌辱，被他们的皮带抽得皮开肉绽"[5]。历史学家表示，尽管如今已找不到任何卡尔加入过纳粹少年团的记录[6]，他也绝不可能完全摆脱那个年代普通德国青少年的义务。"孩子们要穿统一的制服。卡尔拒绝如此。他上学穿粗花呢西装外套，系领带，留着很长的头发，看起来就像一个小小的英国绅士。这激起了老师们的报复行为。"[7]卡尔的与众不同可能意味着叛逆。"我知道自己与众不同，出于志向，出于兴趣，

1　与作者的对谈。

2　安妮-塞西尔·博杜安和伊丽莎白·拉扎鲁：《卡尔·拉格斐，天生巨星》，前引。

3　迈克尔·哈内克（1942—），奥地利导演、编剧、演员，主要作品有《爱》《钢琴教师》《白丝带》等。

4　安妮-塞西尔·博杜安和伊丽莎白·拉扎鲁：《卡尔·拉格斐，天生巨星》，前引。

5　与作者的对谈。

6　来源：德国联邦档案馆。

7　与作者的对谈。

出于一切缘由。我尤其不愿意跟当时看到的东西相仿。"[1]他后来解释道。在巴特布拉姆施泰特的小型社交圈中，他的发型成了引起公愤的标志，象征着他异端的态度。

卡尔精心雕琢自己的孤独和对外部世界抵抗的精神。他房间里的画是一处避难所，被他疯狂翻看的成堆书籍是另一处避难所。他父亲的藏书主要是关于历史和宗教的，朴实而严肃；他母亲喜欢关起门阅读哲学家的著作，藏书内容更为神秘。书房中，德日进的研究与各位作家的书相伴，尤其是罗曼·罗兰。爱德华·冯·凯泽林的小说《灼热之夏》出版于20世纪初，这本书给卡尔带来很大启发。故事背景涉及一位伯爵夫人，她在宫廷生活，拥有大笔财产和多名用人。波罗的海乡村里慢慢滑向堕落的贵族，故事环境和卡尔家乡相近——只是略微偏北。那里与巴特布拉姆施泰特的共同点是森林、细雨和短暂的夜晚。

小说里流露出的淡淡忧愁让卡尔产生共鸣[2]，主角的经历可以呼应他的经历。叙事者是一名青少年，俊美、粗暴而温柔的父亲令他着迷，叙事者试图理解父亲谜一样的行为。

在《灼热之夏》中，叙事者先是充满困惑，发出一些暧昧不明的空泛感悟，经历一个夏天，他转而与虚情假意、玩弄人心的陈旧社会断然决裂。"我灵魂深处一切对生命的向往都在反抗这片谜一样的宁静。"[3]凯泽林写道。主角终会明白横旦在周围众人之间"那一切可怕而醉人的漂亮秘密"[4]。

卡尔反复阅读这本凯泽林的小说，凯泽林成了他最爱的作家。书中

1 《卡尔·拉格斐：孤独的时尚大帝》，"印迹"系列，蒂埃里·德迈齐埃和阿尔邦·特赖导演，大象和法拉布拉克斯制片，法国电视五台，2008年10月3日。

2 巴永：《卡尔·拉格斐，凯泽林的字里行间》，前引。

3 爱德华·冯·凯泽林：《灼热之夏》，雅克利娜·尚邦、彼得·克劳斯译，南方文献出版社，1986。

4 同上。

描绘的印象派氛围场景，让他身临其境。他寥寥数笔就能画出插图。

当他的专注力从印刷书页转向用缤纷色彩填满空白的纸稿时，战争结束了。1947年，卡尔十三岁，在学校他被安排在教室最后一排，汉斯–约阿希姆·布罗尼施与他同班。青少年卡尔依然故我。"他穿得与众不同，总是白衬衣加领带，发型始终很讲究。在我们这帮光脚上学的男孩眼中，这当然很不寻常……同学们永远对他略带嘲讽。他在学校从来没有真正的朋友，不过他也并不打算交朋友。每次我们准备踢足球，他都不想参加。一直以来都是这样。"[1]

这个毕森摩尔小孩继续长发飘飘，如同一面反纳粹的叛逆旗帜。简直是挨批的典型。大人们共商大计，迫切需要施以严惩，尤其该把他的头发剪短。提醒卡尔遵守发型戒律的微妙任务落到了老师头上。同龄的孩子都顶着"锅盖头"，德语里说"锅式"——先把碗或锅搁在头上，再沿着容器的边剪掉一切多出来的部分。巴特布拉姆施泰特的老师出言训斥，却总是徒然。

罗纳德·霍尔斯特说，老师后来只好上他家庄园拜访，求见拉格斐夫人。"他对她说：'我必须跟您聊聊您儿子的事，头发这么长可不行。'"伊丽莎白的回答是扯下他的西装领带扔在他脸上，对他说："很显然，您还是个纳粹！"[2]

母亲蔑视希特勒及其政权，支持卡尔的做法。这个从下士一跃成为元首的小个子不属于他们的世界。这里同样不欢迎那些拥护希特勒观念的学者和达官贵人，他们把国家变成了一台庞大的机器，只知道消灭女人、孩童、老人、残疾人以及一切在第三帝国词典中被社会视为"寄生虫"或"下等人"的群体。

---

1 《一日人生：卡尔·拉格斐，真实与显影》，前引。
2 同上。

纳粹主义完全否认了卡尔和姐姐们从小培养的价值观。除了几片和毕森摩尔区相近的封闭土地，这种世界观并没有在波罗的海沿岸得到广泛认同。对石勒苏益格–荷尔斯泰因地区保守的乡村社会来说，纳粹宣传承诺帮大家摆脱乡绅地主的压迫，而拉格斐一家恰是这个阶层的象征。巴特布拉姆施泰特农民的儿子们将仇恨集中于拉格斐一家最小的儿子身上。他和他们不一样。他读书，他为他的娃娃缝制衣服，他画画。

伊丽莎白苛刻的冷嘲热讽只是表象，她其实很能理解儿子的特立独行，这遗传了她的特质。母子二人内心深处都极其敏感，却不幸身处这个负隅顽抗末日来临的衰败世界。"我母亲在这片穷乡僻壤无聊得要死。我也是，我只梦想一件事：尽快离开这里。"[1]她还会鼓励他与众不同。"我问母亲什么是同性恋，她回答我：'就像一种发色。它什么都不是，不引起任何问题。'我很幸运，父母的思想都非常开明。"[2]

所以卡尔想要离开。与父母一起重回汉堡是第一步。如有神助，他们的住宅区在空袭中没有被炸毁。

1 安妮–塞西尔·博杜安和伊丽莎白·拉扎鲁：《卡尔·拉格斐，天生巨星》，前引。

2 同上。

巴黎迪奥香飘德国

迟些时候，21点，将举行盛装晚宴。不过目前，在滨海大道酒店宏伟会客沙龙里的柔软座椅上，汉堡上流社会的贵妇们正在品茶，有些有先生陪伴在侧。1949年12月，贵妇们等候模特儿到来。模特儿们即将展示的是1950年秋冬时装系列，由伟大的时装设计师克里斯汀·迪奥勾画草图设计而成。"在当年，这是一件盛事。迪奥……简直是时尚天空上闪耀的明星，风头远胜其他所有品牌。"[1]贾妮·萨梅特特别强调。16点，由德国女性杂志《康斯坦策》组织的时装秀终于开场。所有目光集中于奢华女装，它们长及脚踝，先是白色，然后是黑色。先是一件皮草披肩，再是一件深色长大衣。模特儿们优雅地交错而过，在厚厚的地毯上仿佛一支步伐低沉的舞蹈，掌声相随。看客当中，有随母亲前来的卡尔。

他一直以来在房间里细细钻研的时装图稿，此时近在眼前。十六岁的他难道已然领悟个中玄妙：美不是过去专享的特权，而能从当代特

---

1 《一日人生：卡尔·拉格斐，真实与显影》，前引。

质中提炼？时尚界著名的女记者克洛德·布鲁埃补充道："当时的高级定制时装秀非常古典，却也十分引人入胜。模特儿被郑重报号之后出场，仪态略显高傲。盛装晚礼服非常奢华，造型都经过悉心打磨，十分精美……在一名青年眼里，这简直是一场仙气飘飘的童话大赏，如梦似幻。"[1]和所有来宾一样，青年卡尔舍不得漏看一眼，不过只有他有本事记住整场时装秀盛况，他能在脑中画出每套服装。"而且巴黎一直以来都是时尚的摇篮。"[2]贾妮·萨梅特总结道。卡尔希望成为画家或讽刺漫画家，当时吸引他的还不是时尚，而是启蒙之都。

拼图慢慢成形。大量的战争见闻足以让他明白，魏玛共和国已死，德国不可能在短时间内重新回到歌德等大诗人争鸣的启蒙时代。不过卡尔从童年起就憧憬的优雅世界依然存在，他必须尽快前往。就在法国。

事情很简单。"我跟父母说：'我要离开这里，去巴黎做时尚。'"[3]卡尔·拉格斐说。他心意已决，轻轻地离开……告别德国，不打算回头。第一次出走，第一次重建自我。"我什么都不记得了。我的作风是，烧掉一切，从零开始。"[4]卡尔·拉格斐后来经常表示。他撕下旧的一页，面对新的空白的一页。

他到底在逃避什么？来自同学的捉弄？一个荣誉尽失的国家？一个他穷极一生想要遗忘的秘密，就像公民凯恩的"玫瑰花蕾"一样？无论如何，对于这个他生于斯长于斯的国家，他只愿意记住美好的一面。一个想法萌生，随即得到开明的父母的宽容。他只有一些基本必需品随行：书、纸、铅笔，当然还有门采尔那幅画的复刻版，以及父母的祝福。父亲奥托在法国首都巴黎拥有一间办事处，他的秘书可以帮卡尔安

1 与作者的对谈。

2 与作者的对谈。

3 奥利维娅·德·朗贝特里：《我只会画画、阅读、说话》，前引。

4 让-克里斯托夫·纳彼亚斯和帕特里克·莫列斯：《卡尔看世界》，前引。

排住处。[1]而母亲则不停地告诫他，汉堡毫无疑问是世界的大门，一扇两边都能通行的门，仅止于此。[2]她觉得儿子未来只能当个绘画教师。于是卡尔的行动完全如母亲所愿，她明白只有让儿子远离时下支离破碎的德国，他的梦想才有可能实现。年轻人知道自己同样拥有失败的权利，即便失败也不会被冷眼相待，家门随时为他敞开，不管发生什么状况。

1 安妮-塞西尔·博杜安和伊丽莎白·拉扎鲁：《卡尔·拉格斐，天生巨星》，前引。
2 《一日人生：卡尔·拉格斐，真实与显影》，前引。

巴黎是一场狂欢

卡尔赶赴巴黎时还不到二十岁。战后的巴黎呈现出一派欢欣的景象，却很难热情地接纳一名年轻的德国人。1952年，城市脏得够呛，大楼墙面是灰色的，人行道上堆满垃圾。卡尔当然没指望与门采尔画里那些戴着假发的贵族、才华横溢的宾客在巴黎街头不期而遇，但是那般优雅、豪华的氛围呢？失望是短暂的，必须重整旗鼓，总不能刚来就认输。

抵达位于索邦路上的宾馆客房前，他沿蒙田大道漫步。他曾无数次梦见巴黎大街小巷的名字，路怎么走，都记在心里。漫步的时候他可以从容观察。没错，这些高大的建筑里肯定容纳过一些文学圈子。这些窗户后面显然隐藏着一些内行人的沙龙，尚未向他开放。漫游一天后，他的目光聚焦于迪奥的橱窗。它们闪动着别样的光彩，就像一个承诺。这些橱窗足以成为巴黎城市精神的缩影。他要征服这座城市，虽然尚未想好应该如何实现。眼下，他有充足的闲暇时光，四下游走。"我花很多时间散步，简直可以在巴黎当导游了！"[1]卡尔回忆道。他仅有的傍身法

---

1 安妮－塞西尔·博杜安和伊丽莎白·拉扎鲁：《卡尔·拉格斐，天生巨星》，前引。

宝：对素描和讽刺漫画的热爱，以及从童年起便挥之不去的野心——成为大人物。

　　他在蒙田高中继续学业，午饭后的课程无聊得要死。他会去商博良电影院度过漫长的午后时光，就在宾馆楼下的街角位置。在德国时，他被弗里茨·朗《大都会》里的布景吸引，罗伯特·维内的电影中被卡里加里博士操纵的梦游者恺撒一角也令他大开眼界。而在巴黎影院的黑暗放映厅中，反复播放着《拜金女学校》和《天堂的孩子》。[1]影片结束，放映厅里灯光重新大亮。然后，电影重新开始放映。卡尔经常在放映厅里一直待到深夜。他用心记下片中的语句，不知疲倦地反复念诵，好改善法语发音，把黑白电影当作理想中的绝美范本，磨炼自己的法语。

　　卡尔不是那种静候命运安排的人，他属于先行一步的类型。万事俱备，只欠衣装。在皮尔·卡丹店里，他为自己挑选了一条深紫色天鹅绒领带。他将这条领带系在一件白衬衫上。衬衫来自伦敦的衬衫名牌Hilditch & Key，是父亲奥托带他去里沃利街上购得的。奥托还送了他一套Cifonelli米色小方格西装，以及一件山羊绒海军蓝大衣——卡尔隔着橱窗，垂涎已久，奥托只好从乔治五世酒店出来，去街对面的多里安·格雷裁缝店买下它。卡尔终于准备就绪。

1　塞尔日·拉菲：《胆大的卡尔》，《新观察家》2004年7月1日。

可怕的孩子

　　一切始于1954年街头张贴的一张海报：一场时装设计比赛，名为"羊毛比赛"。尽管比赛的名字平平无奇，却是一次轰轰烈烈的推广活动，传播效果斐然。它由澳大利亚、乌拉圭、南非和新西兰的绵羊养殖者工会发起，旨在捍卫高贵的天然羊毛，抵制合成布料入侵。相较于集约化量产，工匠老手们的耐心劳作以及有保障的品质更加经得起时间考验。都市中产阶层人士可以借此机会重新感受到羊毛的历史积淀及美好质感。国际羊毛标志大奖产生的反响远远超出组织者们的预期，参赛者须用铅笔勾勒若干时装样式草图。

　　卡尔决定参赛，并画了一件大衣，采用了黄水仙的黄色——"美少年那喀索斯的自恋之黄"，喻示充满爱意的等待，或者说欲望。这件直身大衣造型严谨，长度略微超过膝盖，肩上开出的大大领口，一下子打破了古典主义设计的规矩感。背部开出V形三角，展露美背；开口从肩胛骨开始，恰到好处地在臀部曲线之前收住……不久后，收到一封电报，他才想起自己参加过这场比赛。他赢得了"大衣"类别的奖项，他只需去法国羊毛工会的办事处证明自己就是草图的作者。

11月25日，颁奖晚会在爱丽舍宫对面的大使剧院举行。卡尔在舞台上初识"晚礼服"类别的获奖者，此人名叫伊夫·马蒂厄-圣洛朗。他俩穿着几乎一样：黑领带，白衬衫，深色套装。时装名牌根据他们的设计图纸做出实物，两人都在调整各自的样衣。卡尔第一次触摸到由自己的设计草图制成的衣物。两位获奖者略显笨拙，摄影师将他们尴尬的微笑定格。两位才俊都刚刚结束青春期——伊夫十八岁，卡尔二十一岁。他们年轻、聪慧、有教养，但当五六位慧眼识英才的国际时尚巨擘来到他们面前时，他们却退缩不前。评审团里坐着皮埃尔·巴尔曼和于贝尔·德·纪梵希。这些人都有可能成为他们未来的雇主。

　　其实不久之后，卡尔就接受了皮埃尔·巴尔曼的邀请，加入他麾下工作。卡尔得意中略带迟疑：巴尔曼不够现代。正如《ELLE》杂志时尚记者克洛德·布鲁埃指出："巴尔曼的风格算不上老，却少了一点胆识，一点活力……一点灵魂。"[1]总而言之，"皮埃尔·巴尔曼自己的形容是'漂亮太太'"[2]。年轻卡尔梦想中的时装更大胆、更动人，不过他也明白自己有必要耐心地克服落差，从基层做起。至于伊夫，他拒绝了于贝尔·德·纪梵希的邀请后，于1955年获得了迪奥的职位。而迪奥正是卡尔早在汉堡时就梦寐以求的品牌。

　　这次颁奖让两位年轻人结下了友谊。两人本来各自承受的寂寞重负因为这次相遇得到缓解：卡尔带着来自阿尔及利亚的伊夫，满巴黎游逛。

　　巴尔曼总部离迪奥不远。这片黄金三角区域是全球独一无二的都市文化宝地，所有时尚品牌都集中于此。坦·朱迪切利当时还年轻，在迪奥做学徒，有些晚上，他能看到卡尔的豪华敞篷车停在蒙田大道尽头。这是父亲奥托送给卡尔的贺礼，庆祝他首战告捷。不过坦·朱迪切利并

1　《一日人生：卡尔·拉格斐，真实与显影》，前引。

2　与作者的对谈。

未发现，其实卡尔的车技并不高超。"我十八岁后没有开过车，简直就是造福社会，毕竟我都开到沟里去了，还搞不清怎么回事！"[1]卡尔后来坦言。要知道在当年的巴黎，可以随便超速，也不需要系安全带，交通顺畅，很少见到红灯。

豪车最终停在蒙田大道30号迪奥门口，异常拉风，驾驶者也气度不凡。坦·朱迪切利忆及："卡尔一开始引人瞩目的并不是他的才华，而是他的个性。他出手阔绰，像花花公子一样讲究衣着，远比圣洛朗更加附庸风雅。这个小伙子随时都在构建自我，这很容易让人觉察。他当时做的就是构建自我，建立人设。"[2]"他希望迷倒众生。坊间传闻已经将他塑造成被惯坏的孩子、附庸风雅之士。"[3]这位年轻的巴尔曼助理，要等的正是媒体版面常客、众人口中的"小王子"。

时尚名店的灰白橱窗形成了一面银幕。卡尔可以走进去，为母亲买条裙子，纪念青少年时期陪她看时装秀的时光。他也可以画下塑料模特儿身上的样衣，找出已然熟记于心的线条走向，将它们改得更加现代。那么，何不成为克里斯汀·迪奥？

这个宿命属于圣洛朗，与他无关，他也不抱愿望。两人并非同类选手。在巴尔曼工作一阵子之后，卡尔必然会选择去其他品牌效力，但他不想沿着一条完全设定的路线：某天成为某家品牌的头儿，做自己的老板。他向往别的东西，而不是当一个埋头苦干的设计师，从早到晚被布料和别针淹没。他首先是一名被灵感驱动的知识精英，一位思维方式多变的博学之士。多样的创意是他的原动力，然后形成理念，为创意注入生命，他无法抑制这种渴望。衣着本身并不足以让他产生有所必为的迫切感。

---

1 西尔维娅·卓里夫：《卡尔·拉格斐体验寻常生活》，《ELLE》杂志2012年3月16日。

2 与作者的对谈。

3 《一日人生：卡尔·拉格斐，真实与显影》，前引。

他搬到了图尔农街31号，面朝卢森堡公园，与奥德翁剧院相隔两条街。他定居此处并非偶然，他钟爱这些有故事的地点，仿佛会有幽灵出没。1912年，这里住着英国女作家凯瑟琳·曼斯菲尔德[1]，劳伦斯《恋爱中的女人》里的古迪兰一角，就是以她为原型创作的。她的书卡尔几乎都读过，他花了五年时间才从中"抽离"。就像凯瑟琳·曼斯菲尔德逃离故乡太平洋岛屿的狭隘社会，卡尔也离开了充满敌意的环境，只为可以畅快呼吸。

这份对书籍与文字的爱，从儿时起就如影随形，他也可以投身于此。为什么后来没有发掘这股热情呢？"我或许本该去研究语言，而不是做时尚，但那样应该不如现在舒适。我总倾向于喜欢舒适的生活，这让我有点儿恼火。"[2]用不着漫长等待就能得到广泛认可，时尚界确实是他想要的天地，可以施展手脚，变成大人物。一定要发光，用自己的方式大放异彩。

从这个角度看，所谓的与伊夫之间的潜在竞争关系，只是外界忍不住将时尚舞台上同时崭露头角的两人相提并论，根本算不上什么问题。

那段时期，每到夜晚时分，空气中就飘逸着狂欢的香气。一位棕色头发、身材修长的神秘年轻女子常常钻进卡尔的车里，坐到伊夫身旁。她就是维克图瓦·杜特勒洛：圣洛朗最爱的模特儿，克里斯汀·迪奥的灵感女神。卡尔在附近一带的剧院酒吧与她相见。当时卡尔笑得很开心，毛织西装外套搭配非常运动风的裤子，略显另类。年轻的维克图瓦惊讶于卡尔的礼貌。她忆起，伊夫向卡尔介绍完她之后，"卡尔回答：'维克图瓦呀，久仰大名……人人都认识她。'"[3]。当晚他们一起继续

---

1 凯瑟琳·曼斯菲尔德（1888—1923），英国作家，一生创作短篇小说、诗歌和文学评论等，尤以短篇小说享誉文坛，主要有《金丝雀》《阳阳和亮亮》《花园茶会》等。
2 《两个我》，前引。
3 与作者的对谈。

晚餐，结下一段崭新的友谊。

她表示："卡尔有好几辆车，我尤其喜欢那辆大众汽车，敞篷的，简直神了。我当时有辆雷诺太妃，远不如他这辆。那段时期和我们一起的还有安娜-玛丽·普帕尔，她负责配合迪奥时装设计师们的工作。"[1] "我们到处兜风，辗转于协和广场、星形广场，纯粹为了乘车的乐趣满世界跑，尽管我们都二十岁了！"[2]

维克图瓦通常整夜都有空。多是由伊夫米选择目的地。位于圣日耳曼德佩区的四轮马车夜总会聚集了全巴黎的时髦享乐一族，尤其是同志与变装者。他们有时会在那里与迪奥先生不期而遇，圣洛朗面对老板，脸涨得通红。

在酒吧里，这名羞涩的年轻人总被众多男孩环绕，一次邂逅可能在别处有所延伸。他可能会有更进一步的消费。这种场所不是很对卡尔胃口，他迷恋的是更为精致的事物。维克图瓦至今还记得，卡尔专门用来赶走那些自讨没趣的人的套话——不了，谢谢，我需要的回家都有，我用不着。[3]她觉得太逗了。有谁进入了他的内心世界？他的夜晚、梦幻、疑虑要与谁共享？无人知晓卡尔的私生活，也不会有谁胆敢向他提出这方面的问题。他在自己周围筑起了一道厚厚的谜墙，经常与他往来的人都逐渐习惯了这一点。维克图瓦笑得意味深长。"当时伊夫·圣洛朗与男孩们之间的关系围绕着性展开，深度的性关系。"[4]她还补充道："卡尔追求的是美，我觉得他当时也想寻找另一个自己。"[5]不过，至今他也未能找到另一个自己。

夜晚欢聚的时光在别处继续。三个年轻人挥洒无邪青春，辗转于多

---

1 与作者的对谈。

2 《一日人生：卡尔·拉格斐，真实与显影》，前引。

3 同上。

4 同上。

5 同上。

家舞厅和酒吧，尽情跳舞，直至深夜。

黎明时分，三人还嫌时间太早不愿分开，就一起去卡尔位于图尔农街上的公寓。壁炉上放着蜡烛，烛光闪烁，照亮伊夫的一幅画，画旁边是一面大镜子。维克图瓦喜欢和伊夫一起坐在地上。"我抽烟，伊夫和卡尔都不抽。我喝威士忌，伊夫勉强陪我，但很快就醉了。卡尔只喝可口可乐。"[1]

有时他们伸展四肢躺在散布着软垫的大地毯上。他们继续聊天，不空谈未来，只聊当下：形形色色的人的八卦、故事、冒险；有时也聊巴伐利亚国王路德维希二世，这位疯狂的国王令他们着迷。最后，他们一起睡着，完全保持着纯洁的关系。"我们什么都没做，真的，发誓！"[2]维克图瓦打趣道。

两位艺术家和一位灵感女神。一幅画。

黑夜与白天交替轮换。卡尔画完画，就乘上豪车去找伊夫和维克图瓦。他们跳舞、聊天、睡觉、醒来、工作，很快又响起夜间狂欢的钟声。他们的梦幻永不停息。

到了周末，他们经常兴之所至，一溜烟跑去特鲁维尔。他们赚的钱加上家里寄来的补贴足够支付这样的度假花销。他们穿上穆勒鞋，搭配米色裤子和白衬衫。和往常一样，卡尔开车。这次由他选择旅馆。黑岩酒店是一家古老的豪华旅馆，面朝大海，走廊却破败不堪。马塞尔·普鲁斯特曾经频频携母亲前来下榻，一代文豪气喘吁吁，似乎在三人脑中回荡，与海浪声相映成趣。伊夫和卡尔恍惚间化身为《追忆逝水年华》中的人物。不过关于普鲁斯特，二人也产生了观点上的碰撞。伊夫迷恋普鲁斯特浪漫的艺术家形象：一个需要靠忧郁和生理病痛来刺激创作的

---

1 《一日人生：卡尔·拉格斐，真实与显影》，前引。
2 同上。

"神经过敏者"。而卡尔看到的既不是怀旧感伤，也不是叙事者多次哮喘病发，而是普鲁斯特在文学叙事中体现出的形式与风格上的造诣。至于维克图瓦，她很快就厌倦了他们的争执不休。她不打算为他俩做出裁决，只是注意到卡尔凭着深不可测的文化底蕴，对自己的判断更加坚信不疑。她觉得他们三人特别像让·科克托的《可怕的孩子们》。与那些孩子一样，他们三人反复无常。

伊夫害怕独自入睡，所以三人和在巴黎一样同室共眠，亲如兄弟姐妹。两位设计师穿泳衣在海滩散完步后，整个下午都用来画画。生活本可以这样继续很久，命运却非要在三位密友中拐走一人。

丽思酒店的早餐

1957年，克里斯汀·迪奥心脏病发，骤然离世，公司上下一时间不知所措。必须找一名继任者。大家立刻想到了迪奥先生的年轻助理伊夫。"他是大师的得意门生，大师一去，门生接棒。"[1] "小王子坐上王位。"[2]贾妮·萨梅特总结道。敏感的年轻人很快就要被众人欢呼着捧上天。他被焦虑和恐慌吞噬，笃信自己无法与前人比肩，没有资格继承这份重负。能令他安心的人只有母亲，以及每天晚上去他家里看他的维克图瓦，伊夫觉得"发生在自己身上的事太可怕了……他吓得发抖，必须想办法帮他重新振作……然后一切都好了"[3]。不过趁着这段意志消沉期，伊夫·圣洛朗也有意借题发挥，以某种方式与好友拉格斐一较高下。"伊夫喜欢当时身为模特儿的我。"[4]维克图瓦忆起。他耍了点小聪明，企图近水楼台先得月，完全霸占她的友谊。新结成的亲密关系将

---

1 与作者的对谈。

2 《一日人生：卡尔·拉格斐，真实与显影》，前引。

3 同上。

4 与作者的对谈。

卡尔排除在外，三人共聚的夜晚结束了。晚上，卡尔变得孤身一人。然而，他也有所行动。

维克图瓦还记得那通电话。卡尔在电话里深情地唤她"薇克奴"，并提议马上请她去丽思酒店吃早餐。

维克图瓦忍不住唇角上扬：拉格斐已经多日对她不理不睬，而现在……她放下电话，心情激动。时值20世纪50年代末、60年代初，丽思酒店已经是全巴黎最有魅力的地点之一，去那里共享早餐的机会绝对不常有。

餐桌上摆满鲜花，玻璃杯晶莹透亮。卡尔穿得神气十足：白衬衫搭配黑底白点的领带和一条打褶裤。"'我超爱在丽思吃早餐！'他对我说，一脸满足，就像猫咪终于找到了晒太阳的空地。"[1]维克图瓦记忆犹新。在这家可可·香奈儿曾度过生命最后时光的豪华旅馆里，他感觉就像回家一样。他的语调充满自信，告诉维克图瓦自己刚刚加入了高级定制品牌巴杜，对她讲述入职体验。按时尚记者克洛德·布鲁埃的说法："巴杜在二三十年代是非常大的品牌。离开巴尔曼后，卡尔继续钻研时装行业的基础知识，包括一些非常精细的技术，裁衣、拼配……时装系列光靠草图可不行。"[2]1960年9月3日，《巴黎竞赛画报》在一篇关于"新一代时尚人的亲密互动"的报道中刊登了卡尔的照片。背景是卡尔家，他跪在长沙发脚下，身穿黑毛衣，仰头大笑。模特儿布丽吉特和米谢勒在他两边，前者穿貂毛饰边缎纹连衣裙，后者穿天鹅绒紧身连衣裙。杂志将卡尔的名字和姬龙雪、香奈儿小姐、皮埃尔·巴尔曼和伊夫·圣洛朗并列。当年，"巴杜的首席服装设计师"让别人称自己为罗兰·卡尔，他的姓氏尚未家喻户晓，被杂志写成"拉根菲尔特"。

---

1 维克图瓦·杜特勒洛：《迪奥创造维克图瓦》，寻南出版社，2014。
2 与作者的对谈。

置身于金碧辉煌的丽思酒店，维克图瓦凝视着这个男人的双眼，她很欣赏他的感性和直率。这双眼睛的一切阴影和褶皱她都了若指掌，她有时会觉察到他眼里流露出的忧伤。他向她吐露心声，比如他多么希望自己和父亲的年龄差距不要那么大，受到的教育不要那么严，度过更加甜美的童年。她也喜欢他的谦恭和守口如瓶。他身上的很多东西她都懂。她知道他不嫉妒圣洛朗。"伊夫迟早会称王，卡尔对此深信不疑，从未寄希望于偶然或侥幸。他不是一般人，在心底深处，他知道人不能抗拒命运。卡尔并不爱慕虚荣，嫉妒情绪则难免，不过他会设法排解，换个轨道转移注意力。他已经拥有这种定力。伊夫·圣洛朗很年轻时就想象自己名字的字母像熊熊燃烧的火焰，深入人心，能预见自己成为时装大师。卡尔则完全不是，他甚至不确定自己到底该走哪个方向。"[1]

维克图瓦也隐约知道，卡尔正在构建自己的神话，他将耐心等待荣耀到来的时刻。她对他的关注不会移开，她珍视只属于二人的那些瞬间。"卡尔喜欢秘密。卡尔和我之间的这些瞬间，完全没有伊夫的位置。绝对没有。伊夫从来不知道这一点。"[2]

卡尔曾带伊夫去莫伯日街找人算命。女占卜师说伊夫的成功将来得迅如闪电[3]，而拉格斐要"待到他人运势止息方能开运，一切顺遂"[4]。她提到成千上万的"件数"。卡尔寻思其含义，明白时间才是他最好的盟友。

---

1 与作者的对谈。

2 《一日人生：卡尔·拉格斐，真实与显影》，前引。

3 《长沙发》，前引。

4 里夏尔·贾诺里欧：《卡尔·拉格斐："诱惑对我失灵"》，《费加罗夫人》，Lefigaro.fr，2015年6月28日。

幽灵剪影

　　20世纪60年代初，卡尔·拉格斐始终住在左岸，不过越来越靠近塞纳河。从象征的角度看，他也离门采尔画中被普鲁士君主奉为上宾的法国哲学家越来越近：他住到了伏尔泰堤岸。他所住的楼里也有其他传奇人物的影子。他自己表示："在左边的公寓里，香奈儿结识了米西亚·塞特[1]。当年屋主是奎瓦斯侯爵，芭蕾舞界的所有人都会登门造访。"[2]这些名字就像幽灵。

　　真实还是显影？这是个问题。人在巴黎，行走于成功路上，这个问题比在德国时来得更加清晰尖锐，不过年轻人始终知道答案。在父母的庄园里时，他早已是个小名人。真实和显影只是同一枚金币的两面。面具是必要的手段，可以躲在面具后面，观察所有正在观察自己的人。

1　流连上流社会的钢琴家，当年公认的"巴黎女王"，是许多著名艺术家的灵感女神。

2　卢瓦克·普里让：《和卡尔·拉格斐去巴黎》，《法国航空杂志》2007年12月。

他越来越常戴一件配饰，遮住自己的真实目光。"我们偶尔看到他没戴墨镜的样子，发现他的眼神很美，是一种来自欧洲南部或者东方的眼神，睫毛纤长，非常温柔。我不知道他是不是为了这一点才遮住双眼，因为他总下意识地把自己当成维京人或者普鲁士人，但他的样貌相距甚远。"[1]坦·朱迪切利回忆说。当年基本没有人在大白天戴墨镜。

卡尔是花神咖啡馆红椅上的常客。他喜欢这个长年接受文化熏陶的地方，伟大的思想家们自咖啡馆开店之日起便络绎不绝。这里在某种意义上就像腓特烈二世无忧宫的会客厅。卡尔定期购买书报，双手抱个满怀，且都是一式多份，因为他要送人，还会节选剪下收藏。他想感受一切，了解一切，预见一切。抓住时代气息和路人风采，读懂街道的语言，读懂那些让街景栩栩如生的动线。墨镜可以让他暗中观察来来往往的人群，完全不暴露自己。他把墨镜推到额头，就可以阅读报纸、杂志。起伏的黑发和噘起的嘴唇突出了他迷人的魅力。

早晨的约会变成了固定仪式。他独特的个性和无懈可击的装束，逐渐在圣日耳曼德佩区附近的交际圈传开。卡尔开始听到整个城市轻声议论自己。这个像从时尚版画里跳出来的年轻人是谁？他到底来自哪里？他在巴黎做什么？他怀有怎样的野心？因为他的生活方式实在很高调。"他希望好好体验巴黎，就像在电影里看到的那样。巴黎应该充斥着白色劳斯莱斯、香槟、马克西姆餐厅午餐……他想扮演这样一种角色，当个国王。"[2]卡尔后期的重要助手之一樊尚·达雷解释道。这位"国王"跟弗朗西斯·司各特·菲茨杰拉德笔下的盖茨比一样了不起，一路勇往直前，就像"于是我们继续奋力向前，逆水行舟，被不断地向后推，被

1 与作者的对谈。

2 与作者的对谈。

推入过去"[1]。他有意对过去保持沉默，任由天马行空的传言恣意生长。据说他是默片黄金时期德国女演员的儿子……据说他是被领养的……据说他父亲留给他一大笔财产……据说有人目睹他和一帮小白脸一起练肌肉……卡尔随他们说。年少时家乡弥漫的浓雾依旧与他形影不离，它是他最棒的同伴。他在自己周身营造出艺术式的朦胧效果，将自己的故事、情感、秘密都藏在坚硬的幕墙之后。他真实的经历对外讳莫如深，他可以随心所欲地变换着使用各种可拆卸的屏障，面具可谓花样翻新，却又很快被弃之一旁。他的魅力和吸引力也由此而生。

他在花神咖啡馆对面的力普啤酒馆吃午餐，下午有时会去塞纳河边的德利尼游泳池。在多名模特儿的陪同下，他穿着宽松的泳衣，在阳光下游泳，将皮肤晒成古铜色。他不介意引人注目。这时碰巧撞见一名年轻男子，没错，是真的撞。男子名叫弗朗西斯·韦贝尔，正在服军役，他想做电影。他看到一群巴杜的年轻女模特儿将设计师众星捧月。"美女如云，将他团团围住。我偷偷潜入后方，突然撞到他，然后对他说：'对不起，我想接近您的模特儿们。'他笑了，我们开始闲聊。我就这样发现一个很亲切的大好人。"[2]卡尔渊博的知识和家族传说令他印象深刻。在德国北部的巨富之家，一个小孩出生了……拉格斐传奇连载正当时。博览群书，挥金如土，一种态度，一个谜。有待进一步加深印象，全方位大幅展开。

---

1 弗朗西斯·司各特·菲茨杰拉德：《了不起的盖茨比》，法国大众书店出版社，1976。

2 与作者的对谈。

低调的年轻人

卡尔·拉格斐虽已出任让·巴杜品牌的艺术总监，却仍然壮志未酬，甚至可以说百无聊赖。每年要发布两个时装系列，他趁两场发布会之间的空当组织狂欢派对、跳舞、健身。赶在健美潮流兴起之前，他领先了所有人，带头增肌，开创了健美时代。

1962年，伊夫·圣洛朗在皮埃尔·贝尔热的帮助下创立了自有时装品牌，并发布了品牌的第一个时装系列。皮埃尔·贝尔热后来成为伊夫最忠实的幕后支持者及伴侣。伊夫在法国时尚圈的地位扶摇直上，他的老朋友卡尔却似乎始终没有感觉到困扰。看来卡尔志不在此。

要想独占鳌头，将时尚业刚刚露头的转折点握在手中或许才是上策。高级定制已成败局。"成衣始于20世纪50年代，刚启动六个月时，只被当作高级定制系列的附庸。许多成衣品牌慢慢意识到必须革新，请来时装设计师帮他们更换轨道。"[1]克洛德·布鲁埃解释道。卡尔看好成衣的经济潜力，这种模式可以实现自动盈利，所以他抓住了这次能让

---

1 与作者的对谈。

时尚史改变方向的机会，脑中只有一个想法：他绝对要去蔻依工作。根据克洛德的补充说明，那是因为"他知道蔻依当时是奢侈成衣的领军品牌"[1]。

蔻依的两名合伙人，加比·阿吉翁和雅克·勒努瓦接待了拉格斐。设计师热拉尔·皮帕跳槽莲娜丽姿后，蔻依重新组建了设计团队，因此两位合伙人不是很赞成团队的时装设计师同时为其他品牌效力。坦·朱迪切利表示："我当时的合作方有蔻依，也有很多其他品牌，这令勒努瓦十分不快，他不想再留我，他想要独家合作的设计师。"[2]卡尔说服蔻依的两名合伙人，自己才是品牌的理想人选。1964年，合作达成。女裁缝阿妮塔·布里耶想起她与这个三十来岁的年轻人初次相遇的场景。"他那时很英俊，真是个美男子……特别是卡尔待人好到不可思议，简单直爽，对谁都很殷勤。他很懂得照顾他人的感受，让人舒服、放松。"[3]

年轻人创意百出，所有点子他都会在家思考成熟，准备成百上千幅草图，身为女主管的阿妮塔·布里耶看到展示后心悦诚服。多产的艺术对话在二人之间展开。卡尔既谨小慎微又热情澎湃，他在工作上毫不懈怠，更胜他人。被他平铺在工作室桌上的那些图纸，也让整个裁缝车间感到安心。他在解释自己的设计时，常常需要在短时间内讲清大量内容。阿妮塔·布里耶回忆："必须适应。我有时回到车间说：'要命，我没听懂他说了什么，他说话太快了。'但是一看到他的草图，我自然而然就懂了。他简直是细节之王，绝不是铅笔随便划拉两下，勾个简单的肩膀和袖子形态。如果有必要，他会给我们标注胸部的开缝、打褶

---

1 与作者的对谈。

2 与作者的对谈。

3 《一日人生：卡尔·拉格斐，真实与显影》，前引。

等。一切都会说明清楚，真的太惊人了。"[1]有时裁缝们在木制人台上完成的模型和图纸上的设计不吻合……卡尔也会一丝不苟，很快找到解决方案。

　　1965年的一个下午，也开始试水服装设计的维克图瓦·杜特勒洛请卡尔去她位于福煦大街的住所，帮她完成第一个时装系列的收尾工作。两人默契十足，这次围绕各自的事业，重新找回了讨论的乐趣。卡尔作为蔻依的时装设计师，却几乎不在任何地方署名，衣服上绝不会出现他的名字。维克图瓦惊讶于他的低调，她鼓励好友："何不标上'卡尔为蔻依设计'！"[2]拉格斐和蔻依的其他设计师一样，从未在时装系列上署名，不是因为缺乏野心，而是因为这已自然形成了习惯。"自从热拉尔·皮帕走后，蔻依的时装系列都是由四五个人共同创作设计图纸，他们从不对外宣告每款造型分别由谁创造。"[3]时尚记者克洛德·布鲁埃解释道。卡尔并不介意这种匿名模式，他可以安心享受品牌的庇荫，不必受限于某种单一风格。他不属于任何人，自由自在，分身有术，潇洒游走于各处。至此，这位蒙面独行侠又前进了一小步。

1　《一日人生：卡尔·拉格斐，真实与显影》，前引。

2　与作者的对谈。

3　与作者的对谈。

不重要的消息

卡尔的成功是否让他的父母感到自豪？奥托的经济支持从来都很慷慨。但是那个曾经默默翻看漫画周刊《痴儿》的小男孩到底变成了怎样的人，奥托是否真的好好想过？伊丽莎白鼓励卡尔背井离乡，到法国寻找机会，她现在是否为众多合约在身的儿子感到高兴？听听当事人的说法，就会知道美好的亲情实际上更为复杂。

当然，即使相距甚远，他母亲的毒舌也丝毫未减。"我记得她在我二十四岁生日那天打电话给我：'噢！对了，从二十四岁起，就是下坡路了。你最好从现在起小心点儿，你的青春入土了，插个十字架吧。'"[1]有个当时装设计师的儿子一点儿也不让她开心，因为按照卡尔所说，她作为骨灰级时装爱好者，没看过他一场时装秀。那么奥托对自己最小的儿子从事什么样的活动是否有头绪呢？"他只坚信我独一无二且才华横溢，其他事情他都不感兴趣。"[2]卡尔后来坦言。他的表述里不

---

1 让-克里斯托夫·纳彼亚斯和帕特里克·莫列斯：《卡尔看世界》，前引。

2 吉耶梅特·德·赛里涅：《风尚：卡尔王子》，《观点》1987年1月12日。

无苦涩。由此可以推测出卡尔不满已经完成的事业，希望在时尚界走另一条路的原因之一。"考虑用他们的名字创立一个时装品牌，或许他们还是会不为所动。我还记得他们看到汉堡街头黄金地段开着旺铺的商家所表现出的讽刺态度。"[1]换句话说，拥有一家时装品牌归根结底也相当平庸。难道这也是在含蓄地表明，他本人的才能其实高于他至今忙碌其间的时尚界？无论如何，卡尔的父亲不会知道自己儿子命运的走向。

《灼热之夏》中的最后一个夜晚，叙事者突然从天真世界被连根拔起。在城堡周围的森林中，他目睹父亲死在自己脚下，方才明白父亲是瘾君子，死于吗啡过量。父亲的尸体安放于大庄园的某间大厅里。"当我迈进摆放着他棺材的大厅，脑中浮现的第一个感想是：'归根结底，也没那么可怕。'"[2]凯泽林写道。卡尔与年轻伯爵的区别在于，他没有目睹父亲之死。他没有机会长久凝视父亲的尸体，再眼含泪水回归正常生活。"母亲在父亲葬礼办完三周后才通知我。我没有参加过任何葬礼，但其实我很迷恋盛大典礼中的礼仪流程。"[3]

他心血来潮给父母打电话时获知了父亲的死讯。奥托·克里斯汀·路德维希·拉格斐男爵，1967年7月4日盛夏时节于德国逝世，享年八十五岁。伊丽莎白·拉格斐的态度惊世骇俗，她也表达了一种精神：必须前进，为过去哭泣毫无用处。卡尔和童年时一样，全然不反对母亲的态度，而是冷静地采纳。

他们的亲情故事就像理性与情感之间的无限博弈，要尽可能灭绝情感。父亲过世后不久，伊丽莎白出售老家别墅，把卡尔儿时房间里的家具寄来巴黎。卡尔发现他来巴黎的头几年写的私密日记不见了，十分震惊。"我对她说：'写字台里还有我的日记呢，怎么不见了？'她回

---

1 吉耶梅特·德·赛里涅：《风尚·卡尔王子》，前引。

2 爱德华·冯·凯泽林：《灼热之夏》，前引。

3 玛丽-克莱尔·保韦尔斯：《了不起的卡尔》，前引。

41

答："你非要让全世界都知道你是个白痴吗？'她肯定都读了，然后全部销毁。"[1]有什么值得惊讶的？伊丽莎白立下的规矩，她自己也不会违背。卡尔最爱的作家凯泽林也在死前烧掉一切。

作为回应，卡尔接守寡的母亲来巴黎和他一起住。她定居在他位于大学路35号的新公寓。在某个角落，小床、安乐椅、写字台再现了卡尔在德国的房间。与这些家具欣然重逢，编织出一道隐形的纽带，连接失乐园般的童年时光。

---

1 弗朗索瓦丝-玛丽·圣图奇和奥利维耶·威克：《阅读，我人生中最贵的奢侈品》，《解放报》2010年6月22日。

时代的方向

在蔻依，卡尔发布了一个又一个时装系列，让品牌形象焕然一新，在成衣中注入了高级定制的严格要求。克洛德·布鲁埃表示："他没对服装线条进行彻底改革，而是大大简化了它们。一系列与衬布相关的繁复工艺，来自定制的那套做法，他都取消了。他的服装都是以利落的剪裁和花边上小小的尖齿收尾，无论对象是法兰绒、开司米山羊绒，还是大衣、上装、双绉、晚礼服。对女性来说非常舒适。"[1]

蔻依大卖。"加比·阿吉翁能遇到卡尔·拉格斐，运气实在太好了。他让这个品牌觉醒，他为品牌增添了它原来没有的独创性、女人味和魅力。他是蔻依的恩人、守护神。"[2]贾妮·萨梅特说得很肯定。卡尔后期的助理之一埃尔韦·莱热[3]表示，卡尔从早到晚都在工作：他最迟离开，最早到岗。他也观察其他时装设计师，并将他们的风格化为己用。

---

1 与作者的对谈。

2 与作者的对谈。

3 埃尔韦·莱热的设计师品牌荷芙妮格被收购后，他按照卡尔·拉格斐的建议，
  改换姓氏，更名为埃尔韦·L.勒鲁。

"很快，加比·阿吉翁意识到卡尔独一无二，其他人没必要留着了。"[1]埃尔韦·莱热总结道。于是，那些设计师陆续离去。

当时的年轻设计师如索尼娅·里基尔、艾曼纽勒·康或多萝泰·比斯都以自己的名字创建了自有成衣品牌。不知是否受到维克图瓦的影响，卡尔也开始在自己为加比·阿吉翁设计的作品上署名。"卡尔希望独自留在蔻依。果然他如愿以偿！凭借才华和智慧，他凌驾于其他设计师之上，独享一个席位。"[2]克洛德·布鲁埃表示。

20世纪60年代末、70年代初，一个个时装系列的发布预示着时尚季节的来临，蔻依在拉格斐的执掌下愈加显得轻盈精巧。"窄身小上衣和化卞衬衫，走的是复古风，电影式复古。电影文化在当年占据非常重要的地位，卡尔在这一块进行了大量借鉴。他画的女人兼具自由浪漫与堕落颓废。"[3]樊尚·达雷总结道。

卡尔经常去法国电影资料馆，那里会放映默片黄金时代的老电影。他从影像中汲取营养，尝试各种面料和色彩，包括丝绸上色的不对称色调。帕特里克·乌尔卡德分析："卡尔当时在发掘一种梦幻而新颖的平面设计效果。他的灵感来源很多元，有书，有杂志，还有各种物品，比如花瓶、珠宝。他不停剪切、重画、重新上色……以这种方式创造出那些流传至今的招牌印花。衬衫、外套式衬衫、丝巾、连衣裙、大衣、上装、裤子……文化永远错不了。"[4]

蔻依的时装秀充满了色彩与动感。白色劳斯莱斯、香槟和马克西姆餐厅午餐近在眼前。艺术家的愿景初具形态。

加入时承诺会忠于蔻依的卡尔·拉格斐如今在职位上表现突出，广受好评。崭新的身份、傲人的才华和迅速的执行力让他有资格通过协商

---

1 与作者的对谈。
2 与作者的对谈。
3 与作者的对谈。
4 与作者的对谈。

争取自由。因此，在固定工作之外，他还成了自由职业者，成功与多家其他品牌签订合约。"我既不是老板也不是雇员，不属于任何人。"[1]他总结道。每到合作的品牌新系列发布时，他都有本事在完美复原品牌固有精髓的同时进一步升华。"他为多家品牌建立了各自专属的品牌认知，纯靠他的文化底蕴和速战速决的精神。"[2]樊尚·达雷点评道。

其中也有荣光闪耀的意大利奢侈品牌：芬迪皮草。卡尔对其进行了现代化改造。他在工作台一角画出了两个互相嵌套的"F"，意为"Fun Fur"（趣味皮草）。这个图案成了品牌的标志。时尚史上最长久的合作之一由此展开。卡尔·拉格斐把皮草当布料活用，极尽柔软之能事，同时简化大衣外形。每当拉格斐动身去阿尔卑斯山的另一边，芬迪姐妹就会把她们位于罗马的公寓借给他暂住。他人还没有到，一切就已经准备好了。他观察，提出建议，继而折返。他成日周旋于各个办公室、航班、风格、材料、交谈对象之间，就像一阵旋风。"他在芬迪将皮草进行现代化改造，然后再去蔻依，设计得非常女性化、非常浪漫，有很多花边……"[3]埃尔韦·莱热强调。这样的工作流程一旦启动就再也不可能中断。

他的任务越来越多，日程越来越满，他有一套系统性的工作方法，保证一切有条不紊地推进，这其中也透出一股狂热。完成的画里洋溢着秘而不宣的乐趣，从搬到毕森摩尔的头几年起就已与他形影不离……简直像有分身代劳，卡尔毫不费力就能做到又快又好。

---

1 吉耶梅特·德·赛里涅：《风尚：卡尔王子》，前引。

2 与作者的对谈。

3 与作者的对谈。

传奇的诞生

20世纪60年代末，也就是卡尔来巴黎十五年后，媒体终于可以正确拼写卡尔·拉格斐这个名字，开始花大量版面对他展开报道，满大街跟随他的行踪，向他提问，试图弄清这个创意百出、开始在法国占有一席之地的德国人到底是什么来头。简单来说，媒体对他充满好奇。

1968年5月，在距离街垒巷战千米以内的地方，卡尔双手抱臂、泰然自若地迎接著名女性向电视杂志《周日男女》团队来自己的巴黎公寓采访。在动乱的5月，节目组感兴趣的话题是男士内衣。卡尔身穿白色高领毛衣、乳白色套装，发缝偏分，留出长长的黑色鬓角。他躺在两张面对面放置的白色靠背椅上，两腿交叉，脚上穿着米色长靴。他目光柔和，瞳仁漆黑。站在时尚专家的立场，他有理有据地针对当日话题阐述自己的观点，态度中包含了一切。"在我看来，内衣也是衣服。'内'字几乎带有贬义。毕竟不管是穿内衣还是穿其他衣服，整个人都必须舒适自然。"[1]在服装领域有什么问题需要说出个所以然，来找卡尔吧。

---

1 《内衣讨论》，《周日男女》，雷米·格伦巴赫导演，黛西·德·加拉尔制
   片，法国广播电视局，1968年5月12日。

三十七岁时，这个"通晓多种语言的无国籍人士"[1]已经在为二十多家品牌画设计图，"每年创造将近两千款服装及配饰"[2]。这样全球独一无二的奇人奇事值得登上13小时每日电视新闻专题报道。1970年4月，一场新访谈播出，这次地点换成了卡尔的办公室。镜头前，传奇人物有了特定造型：头发更长，衣服的颜色更深，双眼隐藏在大大的墨镜之后。摄影机录下他指导模特儿的样子。他的眼神尚未被完全挡住，始终流露出温柔的表情，与他坚定的语调格格不入。"我可以做一系列昂贵的连衣裙，也可以做一系列便宜的连衣裙；我可以做一系列套头毛衣，也可以做一系列泳衣，但是我绝不会做两次一样的东西，哪怕是发布到另一个国家。"[3]后来，就连当年记者界的领军人物伊夫·穆鲁西也邀请卡尔于1972年1月参加演播室专访。卡尔·拉格斐欣然接招：为女歌手达尼设计一套荡妇造型。广大电视观众被一举征服。与此同时，纸媒也聚焦于这个拥有多重身份的低调年轻人。"卡尔·拉格斐……影响了许多品牌及时尚潮流。波普风、媚俗风、马裤、撑架裙，都是他超前想象出来的。"[4]卡尔的执行力令人啧啧称奇。"在法国，他设计蔻依（他的实验室）的奢侈成衣系列、蒂姆维尔的针织品、Z先生的人造皮草、内雷的手套……在意大利，马里奥·华伦天奴的鞋，还有各式泳衣、帽子、包袋、珠宝、纺织品……在德国和英国，各式套头毛衣。"[5]所有人都看得心醉神迷，只有卡尔持续开路前进。

他永远邀约满满。两个时装系列之间，两场采访之间，这位时装设计师都在仔细塑造自己对外的形象，并频频光顾他最爱的地点，置身于花神咖啡馆精雕细琢的细木结构之间，享受着高雅文艺的知识分子约会

1 《时尚：时装设计师卡尔·拉格斐》，《13时日报》，法国广播电视局，1970年4月27日。

2 同上。

3 同上。

4 多米尼克·布拉贝克：《低调的花花公子》，《快报》1972年4月10—16日。

5 同上。

的氛围。彼时，在花神咖啡馆，所有人都已知道他是谁。

只有为了逃离越南战争赶来巴黎的美国年轻人科里·格兰特·蒂平对卡尔的职业一无所知，但他觉得卡尔每次中午现身都很迷人。"我在纽约见过很多奇人，但从来没见过卡尔这样的。他总是戴满戒指、珠宝等配饰，不可思议，简直令人敬畏。"[1]不得不说在20世纪70年代初，巴黎圣日耳曼德佩区到处洋溢着平庸的小资情调，满大街的布雷泽[2]和高领毛衣。相比之下，卡尔自带一股风流，简直如同画中人物，打扮考究，色彩柔和，比例严谨，同时又完美演绎了波普潮流的现代感，一时间引发轰动。他穿不同衬衫时都会以同样的方式搭配印花绉绸披巾，牛仔裤上总是系着带有巨型坏扣的腰带，与时代风貌大相径庭，充满新鲜感。拉格斐在个人穿衣风格中重现了他为蔻依创造的女装设计法则，精心而持续地设计自己在镜头前的表现。他希望超越自己原来的形象：那个在20世纪50年代末开敞篷车逛遍巴黎的神秘德国人。他再也不是巴黎上流社会谨小慎微的旁观者，他已一跃成为华贵显赫的巴黎代表之一。

他会点一杯最爱的可口可乐，专心阅读，并不时看一眼戴在衬衫外面的表，哪怕没有在等任何人。

---

1 与作者的对谈。

2 布雷泽，西装的一种，特指单件上衣。主要特征：海军蓝色面料、双排扣、暗
　袋、戗驳领、金属扣。

拉格斐的社交圈

卡尔·拉格斐在那个时期取得成功，以新面貌名扬天下，他的才华、不屈不挠将创意实现的意志、逐渐铸就的个人形象当然都功不可没，不过从某种意义上说，也要归功于一次邂逅。美国时尚插画师兼摄影师安东尼奥·洛佩兹比他小十来岁。他和卡尔一样迷恋画画，许多时尚杂志上都登载过他的作品，比如《VOGUE》和《时尚芭莎》。卡尔喜欢他画中的现代感，毫无保留地表达出欣赏之情，并立刻意识到与这位艺术家合作肯定能取得很好的效果。

安东尼奥·洛佩兹身边年轻模特儿成群，他和这些少男少女不远万里赶来，想要做一场20世纪70年代的巴黎美梦。科里·格兰特·蒂平就是其中之一。他刚到这里，看到蓬皮杜总统治下的法国一派风平浪静，先是感到困惑，时尚圈欢乐的氛围却逐渐让他放飞自我。"我们成天无所事事，生活目标只有一个：活在这样梦幻的氛围之中，被各种美人环绕。"[1]在当时，这样的志向不难实现……

---

1 与作者的对谈。

卡尔简直像长了天线，能敏锐察觉到时代趋势；他天生富于魅力，总是前呼后拥。仗着不菲的收入和丰厚的遗产，他在波拿巴路租下第一套公寓供年轻享乐主义者们使用，后来又在离自己日常活动范围不远的圣日耳曼大道134号租下第二套公寓。他的公寓很快变成创作工坊，大家前去聊天、画画、被拍，然后可以选择离开或留宿。模特儿们进出自如：杰瑞·霍尔、帕特·克利夫兰、杰西卡·兰格为两位合作愉快的艺术指导提供源源不断的灵感。人来人往，欲得流动。安东尼奥·洛佩兹来巴黎寻找新气息；卡尔则吸取他身上全部的纽约元素，引入到各色活动中。二人一起为蔻依重新打造了完整的女性形象，卡尔像听写一样把部分创意告诉安东尼奥，后者同步完成草图。有时，这位美国插画师会对卡尔画好的设计图进行调整，比如突出或改动线条。安东尼奥的化妆师兼助理科里·格兰特·蒂平回忆说："他们心意相通，共享一股惊人的能量。"[1]

巴黎圣日耳曼大道和纽约"工厂"看似相近，其实不然。说它们相近倒也有理可循，毕竟美国人那边"工厂"的核心是一位非常当红的艺术家——安迪·沃霍尔。他想为自己的波普画寻找法国客户，卡尔准备帮他寻找有地位、有发言权的人，看谁愿意被那套著名的丝网印刷手段记录影像，永留青史。沃霍尔比卡尔大五岁，当时他已展出《金宝汤罐头》，画过玛丽莲·梦露和"猫王"埃尔维斯·普雷斯利，导过多部电影，甚至躲过了一次暗杀行动。他为自己创造了一套个人形象，其中最为人称道的就是他的假发。而拉格斐始终在摸索重叠式的身份识别，也就是反复运用同一视觉主题，以求得千变万化的活力，因此他必然会对这位纽约艺术家感兴趣。他并不痴迷，只是暗暗称奇并从旁观察。"这个男人洞悉一切，偷师所有他找到的东西，做成各种小玩意儿。别人带来的一切都能为他所用，这恰是所有伟大艺术家的不二法门。卡尔明白这一点。"[2]樊尚·达雷表示。

---

2 与作者的对谈。

卡尔和安东尼奥之间合作密切却并不正式，安东尼奥·洛佩兹影响蔻依的产品线，却并不直接为品牌工作。坦·朱迪切利分析："多亏了卡尔和安东尼奥的相遇，蔻依的风格才变得如此犀利。卡尔调动了那支美国人的团队，他们以他为中心帮助蔻依取得成功。卡尔发挥了影响力，权力关系逆转了。此后卡尔才是品牌的核心，再也不是加比·阿吉翁或雅克·勒努瓦。"[1]

作为队伍守护神的卡尔学识渊博，言谈中大量引经据典，让那帮美国人印象深刻，他的话很快被他们归为深奥难懂的那一类。和学识一样让人印象深刻的是他的慷慨，从某种意义上说，他在"赞助"他们。他帮他们支付租金，定期邀请他们到巴黎几个最美的地方用晚餐。科里透露细节："他最爱的用餐地点之一是鱼子酱餐厅。不过他的盛情款待不光体现在钱财方面，他也提出很多建议，帮助我们进步。"[2]蒙帕尔纳斯的传奇啤酒馆圆顶餐厅也颇得卡尔喜爱。某些晚上，夜幕深沉之际，他会出现在那里，身后跟着帕特、保罗、比利、胡安、安东尼奥、科里等人……他再次引起轰动。他会在大衣上别一枚艺术装饰派风格的酚醛树脂胸针，这是他从平时常逛的圣日耳曼德佩区的古着店里淘来的。这帮人的造型与这里二三十年代风格的典雅环境美妙地融为一体，简直可以说是外来客盛宴。卡尔的英语也说得无可挑剔。"这样便于讨论。我们从不试着讲法语。"[3]科里·格兰特·蒂平忆起。在这些晚宴上，卡尔常常很好说话，且表现得颇为风趣。有时，他会意外地略显疏离，仿佛突然一阵愁绪涌上心头。

这家时髦的啤酒馆并不是拉格斐夜游团的专属领地。伊夫·圣洛朗也在那里设宴，和自己临时组建的小圈子共度时光，他们的特点是相识时间更短暂，总体更像普鲁斯特描述的上流社会氛围。简直是不同风格

1 与作者的对谈。
2 与作者的对谈。
3 与作者的对谈。

的对峙。表面上，两边的人没有玩在一起，尽管从一边跑去另一边并不会惹恼两边的领头人。"从来没人跟我说过'别理圣洛朗'，圣洛朗那边也一样。"[1]科里坦言。不过最好谨言慎行，没人希望在已经转为竞争关系的两位旧相识之间制造危机。当时，他俩的敌对关系尚未公开，只是暗潮汹涌，但随时都可能引爆。

在花神咖啡馆，午餐时分卡尔再也不会孤身一人。他去那里翻看报纸杂志也会带上新结识的美国朋友们，随时留意他们的反应。在美国朋友们眼中，这位设计师始终是个怪人。和他们最大的不同在于，他不喝酒，不抽烟，也从不吸毒，不是出于道德约束，而是惧怕潜在风险，他不想失去控制。他也不会推心置腹地聊自己的生活。大家只知道他和母亲住在一起，父亲死后他把她接过来，住在大学路。有时他会提到母亲的事，对这位同样神秘莫测的女性流露出深深的爱与敬意。年轻的美国朋友们都暗暗称奇，梦想能接近卡尔心目中最重要的女人，直到有一天，卡尔邀请他们到家里共进晚餐。

---

1 与作者的对谈。

卡尔和伊丽莎白

　　科里·格兰特·蒂平还记得去卡尔家里做客的经历，厚厚的栗色机织割绒地毯的触感也令他记忆犹新。他和朋友们一起来到这个超脱于时代气息的住所，大开眼界。这里让他联想到圆顶餐厅，并且更美。原来这就是卡尔的私密生活环境，他的秘密世界。一系列艺术品被布置得颇具巧思：几件杜南德[1]的漆器、一座丰塔纳[2]的雕塑、莱兰[3]的家具……带有黑边的粉红色墙壁上挂着几面金色的镜子。晚会就在这样宁静怡人的环境中开始。科里想起年轻人纸醉金迷的生活方式与卡尔那种平静的普鲁士作风之间的强烈对比：包括他在内的年轻人去卡尔家里都随身携带安眠酮，这种强效镇静剂被他们当成毒品；卡尔则永远啜饮着气泡十足的可口可乐，若有所思。

1　杜南德（1877—1942），装饰艺术运动时期著名的漆器艺术家及设计师。
2　丰塔纳（1899—1968），意大利画家，以作"穿洞的"和"撕开的"画闻名，
　　后期也创作雕塑。
3　莱兰，即弗朗索瓦·沙维尔·莱兰（1927—2008），他常常使用动物形象，制
　　作独特的家具雕塑。

大学路35号的公寓经过了改造。相比于未来主义极简风的白色扶手椅，卡尔更喜欢另一种截然不同的风格：艺术装饰派及其过去的回响。帕特里克·乌尔卡德强调："卡尔是个先锋派，在他的影响下，一种新型室内装潢风格发展起来。他当时投身这条新道路时，其他人都尚未关注艺术装饰派。他新发现一批专精于这一块的古董商，比如切斯卡·瓦卢瓦、菲利克斯·马西亚克，他们如今都名扬天下。不过他也需要根据自己所处时代的特征，重新构思一套适合的住宅装饰艺术。"[1]

大家吞云吐雾，笑声阵阵，科里忍不住想张口发问：拉格斐夫人在哪里？奇怪，目前还没人见过她。她的缺席令年轻男模感到好奇。他决定离开客厅一会儿，在这座宏伟的公寓里转转，结果惊奇地发现："我打开一扇门，看到卡尔的母亲，那里应该是她主卧附带的小房间。我知道自己这样非常不礼貌……我完全没想到会遇到她，还是孤身一人。她和卡尔长得像极了。"[2]在这位探索者眼中，拉格斐夫人和她儿子画的速写肖像颇为不同，略显稳重，并自带一股独特的和气。不过科里也来不及细看，他恭敬地向拉格斐夫人打了个招呼，然后就重新关上了门。她显然知道儿子在家里招待朋友，所以整晚都不打算离开这一处僻静角落。

卡尔是否夸大了母亲的暴脾气？有资格作答的目击者寥寥无几，电影人弗朗西斯·韦贝尔就是其中之一。他也是在那几年上门拜访卡尔时见到拉格斐夫人的。还是一次意外而匆忙的邂逅，只有几秒钟。这次邂逅证实了拉格斐夫人干净利落的个性。"她看到了我，又朝着她儿子'吼'了一通，卡尔似乎明白了。她是标准的德国人外形。她设定了一系列行为规范，卡尔尽力放下身段配合，只是为了让她高兴——毕竟卡尔自己也是很有性格的人。这在他俩之间形成了一种默契，一种相互作用的力场。"[3]

经过那次晚餐，科里感觉有关卡尔和母亲的谜团变得更大了，后来

---

1 与作者的对谈。

2 与作者的对谈。

3 与作者的对谈。

他又有一次机会更加近距离地接触到了伊丽莎白·拉格斐。卡尔在优雅的夏日度假之都圣特罗佩租了一幢别墅，他在那里接待路过的友人，他的母亲又一次现身。科里作为安东尼奥·洛佩兹的助理，有幸在火车上陪伴伊丽莎白，之前的第一印象得到了印证。"她是个稳重的人，教养极好，完全不会咄咄逼人。她把我当绅士对待，而我显然远远不及。我们在火车里共进晚餐，需要付钱的时候她从桌子下面给我递钱，故意让外人觉得是我请她吃饭……真的很可爱。"[1]

在圣特罗佩，拉格斐夫人从不打搅儿子的生活。卡尔喜欢参与泳池边的讨论。她似乎很感谢卡尔在身边给她留下位子。她几乎足不出户，一旦进城，她会穿上很美的连衣裙四处漫步。卡尔则会抛下沉重的绉纱衬衫，换上低领背心，展露傲人的肌肉。他保持着定期举重的习惯，他卷曲的黑发、晒黑的皮肤和身上认真"雕刻"的肌肉线条，很容易让人误以为他也是那帮欢乐的美国人当中的一员。不过差异在于，那帮美国人在泳池边懒洋洋地晒太阳时，他毫不懈怠地在自己屋里工作。有时安东尼奥设法将他拖去海滩，教他引诱和社交的技巧，鼓励他站到人前吸引关注。在这个领域，卡尔似乎什么都不懂。"看着他对安东尼奥言听计从的样子，挺有趣的，他比较矜持。"[2]科里忆起。画画始终更令卡尔激动。

在巴黎，卡尔的公寓始终迎来送往，络绎不绝，到处都挤满了人，仿佛忙碌的蜂箱。卡尔同意将大学路的房子借给安迪·沃霍尔和保罗·莫里西拍摄地下电影《爱情》，甚至答应在里面出演一个角色。电影里美国人互诉情感的场景，卡尔即兴发挥，讲英语。他以温柔且充满忧伤的声音为他们提供建议。他身穿白背心，头发半长，面带微笑，很性感。在波普艺术流派带头人的特写镜头下，他必须长时间舌吻女模唐娜·乔丹。传说中那么腼腆的他会不会觉得尴尬？未必，毕竟这不过是一场游戏，何况他的灵魂和心一样，都游荡在别处。

---

1 与作者的对谈。
2 与作者的对谈。

亲和力的选择

　　托马·德·巴谢尔表示，他叔叔所到之处总能引起几十个人回头，几十双眼睛注视。"雅克简直光芒四射。有时我们会用'太阳'来形容一个人，雅克就是'太阳'。"[1]当晚，在圣日耳曼德佩区新开的同志俱乐部"云"[2]，上述事实在卡尔身上表现得更明显。已经对艺术家卡尔的一切熟稔于心的年轻人雅克，采用了类似"期待与您相遇"的开场白。他知道卡尔的事业蒸蒸日上，卡尔的多场时装系列和访谈他都看过。他猜出卡尔的一些秘密，看穿卡尔心中的渴望：想讨好他人，想不引人注意地融入环境，以便更好地观察同时代的人，提炼时代元素。一方面是巴黎交际圈的名流传奇，另一方面是更私密的德国伤痛现实，他在二者之间寻求微妙的平衡点。年轻人雅克闯入设计师卡尔的生活并非出于偶然。卡尔独自一人踏进圆顶餐厅，或是和一帮美国人夜间在此消遣，坐

1　与作者的对谈。

2　参见玛丽·奥塔维：《雅克·德·巴谢尔，幕后的花花公子》，塞吉耶出版
　　社，2017。

在这家啤酒馆里的雅克目睹了全程，不禁也想加入这个刺激的小圈子。雅克各方打听，做了一些功课，心中对卡尔渐生情意，而卡尔虽尚不知情，却也对雅克略有好感。二人的邂逅不可避免，无论在这里还是别处。不过雅克的亲友们一直以来都认为二人邂逅于花神咖啡馆，他们在红色长椅上妙语连珠，谈天说地，惺惺相惜。不管是雅克还是卡尔，他们生命中谱写的现实，常常在发生的当下就已超凡脱俗，转瞬化作传说。"（雅克）精心设计自己的现身与离去。"[1]托马·德·巴谢尔坦言。雅克和卡尔一样，也懂得修炼光环。

他选择以什么样的方式出场？当然是最能激起欲望的出场方式，他床头的书堆儿里有一本可以作为参考——奥斯卡·王尔德的《道连·格雷的画像》："他脸上的某种表情让人立刻就会信赖他。年轻人的一切坦率和纯正都写在那里。你感到，他不受世俗的玷污。难怪巴兹尔·霍尔华德对他敬佩不已。"[2]这个陌生人显示出一派完美风度。雅克·德·巴谢尔·德·博马歇，名字里不止一个贵族词缀，而是连用两个。他戴着饰有红色绒球的水手帽，显摆着身上的奇装异服——著名的巴伐利亚传统服装，吊带皮短裤。这个年轻男子和卡尔一样热衷于钻研着装，包括各种面具。他也爱文学和神话。从某种意义上来说，他在借由这些方式美化一切。

卡尔当然不会被这样的把戏蒙蔽，不过还是有一层迷雾令他不知所措，难以看透。雅克的奇装异服与卡尔的风格遥相呼应。卡尔或许回想起三十年前，他还是个孩子时，同样的皮短裤穿法让自己与其他同龄人拉开差距。雅克·德·巴谢尔就这样充满挑衅、态度傲慢地闯入卡尔·拉格斐的人生。卡尔不由得感到庆幸。

这两个年龄相差二十岁的男人显然聊了个通宵。在卡尔人生所有的邂逅中，1971年的这次邂逅或许让他享受到了最大的幸福和美梦，但也

---

1 与作者的对谈。

2 王尔德：《道连·格雷的画像》，法国大众书店出版社，1972。

为他带来了最深重的不安和悲剧。

　　这次邂逅尤其标志了一切故事的开端，连接起两个男子，他们心中涌动着同一股激情：逃离这个世界，重新创造、自由选择一个新的世界。"尽管尊贵的出身和家族世袭的贝利叶城堡让雅克很自豪，但他觉得还不够，所以他重新创造了个人形象，主要是想展现他心目中的自己以及希望留给别人的印象。"[1]雅克的好友克里斯蒂安·迪迈-勒沃夫斯基分析道。第二个贵族词缀其实是雅克自己加的，想借巴谢尔家族祖传的博马歇城堡之名来突显自己的贵族气质。"他塑造了法国贵族青年的典型形象，身上有一系列符号：优雅、文化、名字、家族、血统、祖先、对历史的兴趣。"[2]卡尔补充道。在与雅克相遇之前，卡尔见过一张海报，海报上的雅克为大卫·霍克尼摆姿势，卡尔记住了雅克的样子。法国、贵族、优雅……在卡尔眼中，以门采尔那幅画为幻想中心的个人宇宙，离建成又更近了一步。

　　雅克不工作，他闲出了一种艺术境界，就像18世纪贵族那样开出了奇异之花。时代允许他如此，他的社会状况亦然。他家在布列塔尼拥有一座小城堡，条件相对宽裕。他成天变着花样玩把戏，成就了自己花花公子的名声。他既是画家也是画作，既是金银匠也是金银首饰。"雅克穿衣都需要花两小时精心装扮，让自己的穿着与环境完美匹配，无论是出席活动、参与社交场合还是出演角色。"[3]他的侄子托马忆起。每天早晨，雅克都会打造全新的造型，借鉴手边各种书里的内容，他与那些书始终形影不离。克里斯蒂安·迪迈-勒沃夫斯基表示："要想真正了解雅克这个人，就必须阅读他个人推崇的'众神殿'，尤其是给他带来大量启发的一整套浪漫神话。他最感兴趣的是19世纪末的颓废主义文学，

1　与作者的对谈。

2　与作者的对谈。

3　与作者的对谈。

特别是若利斯-卡尔·于斯曼的作品，《那边》中的杜塔尔和《逆流》中的德塞森特，都影响了他对自我形象的塑造。他热衷于触摸极限，上升和下坠，他对圣女贞德和吉勒·德·雷怀有同样的兴趣……"[1]雅克的哥哥格扎维埃透露，雅克也非常崇拜路德维希二世。"雅克第一次去德国时大概十三岁，住在施塔恩贝格湖边，那里是路德维希二世溺死的地方。我觉得雅克将自己完全投射到这位国王身上，他的浪漫、诗意和异想天开都令雅克啧啧称奇。这位国王的种种妄想、秘密洞穴、穿着……关于他的一切都令雅克心驰神往。新天鹅堡是雅克梦寐以求的宝地。"[2]他积累了一大堆参考资料，内容越来越完善，且能互相呼应。值得一提的是伊夫林·沃的小说《故园风雨后》中的人物塞巴斯蒂安·弗莱特，这个人物身上体现出一定的颓废感。雅克以自己的方式重新演绎了塞巴斯蒂安的穿衣法则，俨然一副世纪之初暗黑浪漫主义的俏模样，牛津大学读书郎，慵懒随意贪杯客。和塞巴斯蒂安一样，雅克喜欢散步时带瓶酒，一瓶芝华士。他会一手提酒，另一手抱只毛绒玩具熊，当成是塞巴斯蒂安爱不释手的阿洛伊修斯的兄弟。雅克的熊叫米什卡。

到了夏天，卡尔才在圣特罗佩向朋友们正式介绍雅克。年轻的时装设计师高田贤三刚到法国，在那里初次领略了雅克·德·巴谢尔的风采。高田贤三被雅克略带邪魅的俊美迷住了。"雅克是个极美的小伙儿，他很有品位，所有人都对他一见钟情。"[3]科里·格兰特·蒂平想起卡尔欣喜若狂的样子。"他对我们宣布：'我带来了我的朋友雅克。'他为身边有这样一个人感到幸福和自豪。"[4]阳光加剧了众人之间小小的竞争之心。卡尔并不介意置身事外，选择静观眼皮底下展开的这一小幕

---

1 与作者的对谈。

2 与作者的对谈。

3 《一日人生：卡尔·拉格斐，真实与显影》，前引。

4 与作者的对谈。

人间喜剧。在白色书页、马克笔、母亲和雅克之间，卡尔独自在凉爽的工作室里不知疲倦地创作，空气里却仿佛洋溢着一丝幸福的香气。

回到巴黎后，他每次出现都有雅克相伴。一晚，有人目睹他俩在马克西姆餐厅共进晚餐，身穿同款深色西装外套，佩戴同款胸针。[1]雅克融入了卡尔的圈子。在阿尔卡扎餐厅的长椅上，雅克会坐到卡尔左边。雅克有意留一点儿小胡子，卡尔在右眼戴上单片眼镜。他们像一对怪诞双子，一起出席所有展览的开幕式、狂欢聚会、夜总会或餐厅开张典礼。二人与其他几位朋友活跃的身影，足以成为所有巴黎名流眼中无处不在的一道风景线。

不免有一些人恶意散播谣言，说雅克是职业男宠。他们错了。即使卡尔给很多钱供雅克生活、穿戴、举办聚会，但绝不是交易。卡尔把肉体关系比作无聊的体操，他们之间存在一种升华的关系，一切归类皆不适用。这种关系很理想，很可能是出于卡尔的理想。他们甚至会突然粗暴地挂断彼此的电话，只因为觉得好笑，想滑稽地恶搞他们极力逃避、精神上根本无法理解的东西：安定的家庭幸福。

---

1 阿莉西亚·德雷克：《美丽的名流》，前引。

卡尔大帝

卡尔在小小的龙街上租了一套公寓,雅克住在这里,离花神咖啡馆只有几步路。他们常约在大学路碰面,但不住在一起。为了保持互相启发、灵感不断的状态,很有必要留出这么一段距离。特立独行的二人越来越少与其他朋友们相聚。不久,安东尼奥·洛佩兹在雷恩街又租了一块地方,然后彻底离开法国。

雅克就像卡尔的灵感缪斯,代表了创造之初的原始欲望:自由、灵气、勇敢。二人一起修炼外形的品位,因为他们需要蒙面前进。"我觉得他们之间存在一种互补,一种美学的、艺术的关系:雅克是卡尔的灵感源泉。"[1]克里斯蒂安·迪迈-勒沃夫斯基表示。卡尔画纸上呈现的人物轮廓里都有爱人的影子。与此同时,卡尔也在进一步将雅克抽离真实世界,以他为原型创造一个虚构的形象。

二人充满创造力的想象空间很快交汇了,凝结于一个形象,也就是让·雷诺阿《大幻影》中由埃里克·冯·施特罗海姆饰演的角色——

---

1 《一日人生:卡尔·拉格斐,真实与显影》,前引。

监狱长冯·罗芬斯坦。他一身军装，还有颈托和单片眼镜加持，这样的全副武装在二人眼里简直是强硬派的典范，形式感趋于完美。此外，其外形让卡尔想起两次世界大战之间的幻影，他父母熟悉的那个轻佻、颓废的德国。在雅克的建议与帮助下，卡尔采用了这种穿衣风格，对自己进行了形象改造。印花衬衫被他永远抛弃，他要改建更衣室，专为时尚而严格的新形象服务。与他永别的还有肌肉发达的性感外形，卡尔做了两方面的决定，并严格遵守，仿佛抱定了执念：再也不以古铜色肌肤示人，最大限度地掩盖真实皮肤。帕特里克·乌尔卡德分析，他的上衣"变得非常紧身、宽肩，直接受到奥斯卡·施莱默的启发，裤子笔直无瑕，鞋子光亮。什么都不忽视，一切都要端着。这不是乔装改扮，不是'戏服'，而是认真的理念、狂热追求外表的起点。他会钻研精修每一个小细节，形成完整的造型，继而充满自信地招摇过市。永不自我放任，这是卡尔·拉格斐的信条，日日夜夜、每时每刻都要让自己完美示人"[1]。

这里还得提到带有硬邦邦高领的白衬衫，雅克也穿这种衬衫。领带式丝巾、单片眼镜还有卡尔专门蓄起并修剪的黑色络腮胡，都成就了整体造型。"卡尔觉得自己看起来太和善了。他就是个好人嘛，不过他不想表现出来，所以他有意突出了强硬的一面。"[2]樊尚·达雷坦言。卡尔主动换上了一副德国男爵气派。"在他看来，文明的顶点先是汉堡宫廷、奥匈帝国、茜茜、路德维希二世……然后是魏玛共和国以及所有获得社会高度包容的艺术运动。腐败、强盗、金钱都让他着迷。"[3]坦·朱迪切利表示。

卡尔以这种方式追随两位德国历史人物的脚步。在他看来，他们的优雅和精致成了消失的终极价值。"我母亲曾说：'听着，我觉得有两

---

1 与作者的对谈。

2 与作者的对谈。

3 与作者的对谈。

个人不错，哈里·凯斯勒和瓦尔特·拉特瑙。其他人，都是废物。'"[1]
拉格斐想通过自己硬挺的高领展露的，不光是魏玛时期名流外交官凯斯勒和被暗杀的部长拉特瑙的完美风采，也是失落的旧世界，那样极致的美感，炫目又何妨。

与此同时，他继续一丝不苟地创作他的装饰艺术系列。画廊经营者切斯卡·瓦卢瓦女士对艺术装饰派鼎盛时期深有研究，她忆起每周好几次在准备关门时，结束一天工作的卡尔急匆匆冲进她的画廊。"他到了，一个转身，面带微笑。他把所有东西都看一遍，常常陷入沉思；他全都喜欢，兴味盎然；他发疯一般学习新知。他带着时装设计师的眼光，神采奕奕，充满自信，立刻就能辨别出作品的质量和重要性，最终挑出最好的创作者。卡尔有着浩瀚的内在世界。"[2]他观察、分析，然后购买那些家具，毫不犹豫。它们体现了他的品位，同时也起到了类似图腾的作用，让他的愿景变得更加完整。

1973年7月，他同意德国电视台来访，全程跟踪他的日常生活。电视台录下他工作时的样子，记下他在巴黎自己公寓窗前摆拍的身影。[3]卡尔身穿栗色天鹅绒西装外套，大大的燕子领，橙色丝巾，上衣口袋装点着白色小手帕。在这难得一见的影像里，雅克陪在一旁，比卡尔略高，穿衣风格基本相同。在一片融洽的环境中，二人慢慢散步，远离当时弥漫在法国的愁云惨雾和石油危机带来的阴影。他们就像两只赖在遥远布景里的浮子，久久不愿离去。只缺一层薄雾，就能形成完美的幻境：两次世界大战之间的德国，卡尔从母亲那里接过理想化的浮光掠影，重新

---

1 伊丽莎白·拉扎鲁：《芬迪与卡尔庆祝金婚》，《巴黎竞赛画报》2015年7月
  8日。

2 与作者的对谈。

3 《相约拉格斐》，德国西南广播，1973年7月17日。

构建。

卡尔后来解释道："战争过去很久，我才产生一种生不逢时、相见恨晚的印象，感觉错过了以前的生活。"[1]这或许是他向母亲最美的年华致敬的一种方式，回到她被亡夫抛下之前，跳过那个由纳粹掌权的失落时代。这种解读显然太过自作多情，与如今帝王般坚不可摧的卡尔十分不搭。

在这段时间里，卡尔为蔻依时装秀设计的一系列连衣裙也是从魏玛时期获取灵感。时尚编辑们都被他重新演绎的精致而美丽的旧世界迷住了，赞不绝口。"卡尔展示出的视觉形象包含了一整套造型风格，也就是说：我跟随一种造型潮流，打造自己住处的装饰造型，由此影响到社交礼仪的各种规范，我通过这种造型启发了其他人。"[2]帕特里克·乌尔卡德总结道。他举重若轻地呈现出自己的梦想。"他将自己塑造成一个电影人物，身边缭绕着好莱坞式的谜团。当他出现在花神咖啡馆，像玛琳·黛德丽电影里的角色一样挥金如土，所有人都被唬住了。"[3]樊尚·达雷形容道。卡尔的态度在小小的时尚圈里激起某些人的嫉妒。坦·朱迪切利回忆："某些人开始喊他'恺撒大帝'，我和我的朋友们称他为'拉·派瓦'，也就是俾斯麦的情妇，法兰西第二帝国时期的名妓。她曾让人为自己建了一座配有金质水龙头的特色旅馆。她会穿一身紫色走在香榭丽舍大街上，手上戴满紫色钻石，牵条紫色的狗，四轮马车和马也都请人染成紫色……卡尔只会说说哈布斯堡王室，夸大其词，却能营造幻觉。"[4]卡尔不会扮全紫色的造型，却也心怀某种执念，向往整体一致，也向往一个开明的世界，远离野蛮，介于诗人争鸣的德国与启蒙时期的法国之间。

---

1 巴永：《卡尔·拉格斐，凯泽林的字里行间》，前引。

2 与作者的对谈。

3 与作者的对谈。

4 与作者的对谈。

必须逃离幽灵

　　雅克和伊丽莎白在一点上达成了共识：尽管大学路的公寓装潢华美，但还是要尽快搬家。拉格斐夫人很确定，她在那里撞见了鬼。卡尔没见过幽灵，但也有所耳闻，他也觉得这个住处或多或少被诅咒了。18世纪，楼里可能发生过一场谋杀，留下一只幽灵，阴魂不散。难道就这样离开这甜蜜的梦幻，放弃这么多年无忧无虑的生活？投票一比二，卡尔只能认输。

　　在德国电视台记录的影像[1]中，卡尔步伐敏捷地走过圣叙尔皮斯广场，喷泉边几头石狮子高高在上，仿佛在俯瞰众生。1973年初夏时分，天气貌似颇为凉爽。他先整理了系在大衣外的方格丝巾，浅灰色大衣的腰部系了颜色略深的束带。他抬头仰望转角处正对着他的那幢大楼，或许在想，母亲或雅克如果站在刚刚找到的公寓的阳台上，就能悠然自得地凝望教堂左侧了。这似乎是建造新梦幻的理想位置。

---

1 《相约拉格斐》，前引。

他摘下米色的帽子，穿过蓝色大门，走进圣叙尔皮斯广场6号。来到二楼，只见一个宏伟的临时的落脚处，天花板高高的，多个空房间沿走廊排列，他一间间走进去。原来的墙纸已被剥下，地上满是木板、扫帚和一袋袋建筑碎料。几名工人在刨门。卡尔喜欢工程项目和工地，喜欢对正在建设中、尚存可能性的事物展开构想。他用两根手指捋过络腮胡，想象着属于自己的新世界的轮廓。他应该已经想好这里最终的模样：另一番好莱坞式的装潢，不变的20世纪30年代风格。四根柱子，飘动的窗帘垂下，几只花瓶，白色缎织座椅，中间一张大桌子……如此这般布置转角处他的房间。哦，不要忘了留出一个房间，专门用来放书。

纯与不纯

　　横跨塞纳河之后，雅克经常会止步远眺。夜里的巴黎变成了另一座城市，与白天截然不同。他的故事有了更多的谜团和秘密。他走向巴黎皇家宫殿。法国大革命前，这座建筑里住着一人之下万人之上的奥尔良公爵，二楼是他的多间套房，楼下是一条长廊，与法兰西喜剧院相隔两步路，全巴黎的欢场女子都聚集于此。18世纪，有人会印发类似"巴黎皇家宫殿姑娘价目"的东西以及其他各种"游客指南"，里面根据她们的专长、优势、魅力等条目编了索引。还有人沿着廊柱林立的巨型直角长廊搭起一些临时的赌场，很多人非法聚赌；也有一些咖啡馆，狄德罗、伏尔泰、达朗贝尔都会光顾……启蒙盛世在巴黎贫民窟里大放异彩。

　　当晚，花园很安静。雅克抬头望向科莱特[1]曾度过余生的公寓，他知道卡尔喜欢它简练的风格。雅克与卡尔有约。

1　科莱特（1873—1954），法国作家、记者、演员、剧作家和戏剧评论家。主　要作品有《花事》《吉吉》《谢里宝贝》等。

雅克来到圣安娜街。第一次世界大战期间，圣安娜街63号有个圣安娜澡堂，对休假的士兵和寻欢作乐的小资阶层开放。20世纪70年代，精英同志群体已在该地建起了夜游街区，道德纠察队和警局情报部门任其发展。每天夜里，时装设计师、艺术家、作家、纨绔子弟蜂拥而至，涌进殖民地酒吧或布朗克斯酒吧。

雅克停在圣安娜街7号。面前是一幢带有奥斯曼式现代化城市改造风格的大楼，墙面是象牙色的，中间的门框里有一扇黑色的大门。门后就是那个年代大家心中的"圣杯"。店主是堪称"夜游者之王"的法布里斯·埃马尔。"7号店由于规模小，私密性最好，成了部分艺术界精英最爱光顾的地下俱乐部，整个时尚圈的人也都被吸引过来。人们必须使尽浑身解数才能获得'芝麻开门'的暗号，闯关进店。这里虽然主要面向同志人群，但也会放漂亮姑娘进来。"[1]弗雷德里克·洛尔卡说。她是"漂亮姑娘"的一员，时任香奈儿试衣模特儿。米克·贾格尔、伊基·波普、大谐星蒂埃里·勒·吕龙都是这里的常客。弗雷德里克接着说："偶尔能碰见电影人赖纳·维尔纳·法斯宾德[2]和他那帮坏小伙儿。不过最常见的是一身红色皮衣的著名记者伊夫·穆鲁西和时尚小宇宙诞生的第一批 it girls[3]，帕特·克利夫兰和唐娜·乔丹。"[4]

门开了。在雅克眼中就像有魔法驱动。他要和卡尔共进晚餐。餐厅就像玻璃橱窗，折射众生百态。"一开始各桌会有点儿拘谨。不过到了某个时间点，上甜点前或上咖啡时，所有人都玩到了一起。还有鸡尾酒，它让所有人放松下来，真的很可口！这有助于拉近距离，大家开始

---

1 与作者的对谈。
2 赖纳·维尔纳·法斯宾德（1945—1982），德国导演、编剧、制片人、演员，主要作品有《恐惧吞噬灵魂》《玛丽娅·布劳恩的婚姻》《爱比死更冷》《雾港水手》等。
3 泛指经常参加活动、聚会，打扮时尚的年轻女孩，她们通常能引领时尚潮流。
4 与作者的对谈。

攀谈。"[1]店里的常客热尼·百籁回忆起。邻桌是伊夫·圣洛朗和皮埃尔·贝尔热，后面坐着高田贤三。大家遥遥相望，暗中打量。卡尔从中获得启发，记录灵感。忙着四处勾搭、说笑的雅克身穿从高田贤三的一个朋友那里顺来的皮夹克，并让人在上面钉了旺代的圣心标志，并刻上巴谢尔家族名言："Ma foy mon roy"（信念即吾王）。

醉意袭身，头晕脑涨。雅克被这种感觉俘获，而卡尔安然无恙，始终清醒。一些台阶通往地下，那下面的世界有些人觉得是天堂，有些人觉得是地狱。弗雷德里克·洛尔卡想起："螺旋状的楼梯非常窄，大家只能贴墙通过，去到地下：糖果盒般雅致的微型空间，极富现代感，从地面到天花板，到处都贴满了镜子，营造出景深感。吧台在最里面，赖在那里的人都有点儿疯。"[2]

当年的巴黎恐怕没有比这个地下室更浪漫、更颓废的地方了。走廊两侧摆放着软垫长椅。上百人跟着迪斯科舞曲的节奏扭动身体。混乱、潮湿的环境里，喘息声与机械感充斥着人们的感官。烟卷冒出的青烟，袅袅而上，拱顶上闪烁着紫色、绿色和粉红色的霓虹灯光，一切仿佛雾里看花。雅克悄然离场，所有人都深信卡尔对同伴的行踪及作为了若指掌。

克里斯蒂安·迪迈-勒沃夫斯基表示，雅克·德·巴谢尔可不光是"从《追忆逝水年华》里溜出来的小小绅士，窄身西装、背心、白藤杖，就像20世纪70年代初他照片上的那种扮相"[3]，他还会根据日夜节律改变自己的时髦装扮。日落时分，这位爱美人士就开始打扮。外人眼里，他形同鬼魅。"关于他的传言有很多，有一部分是出于好意，也有刻薄讽刺乃至恶意中伤的。有人用谐音给他取外号'便宜不贵的雅

---

1 与作者的对谈。
2 与作者的对谈。
3 与作者的对谈。

克'，或把他比作男版的半上流社会交际花、风月场暗娼，叫他'美男奥特罗'或'卧姿花魁'。"[1]杜麦－勒沃夫斯基补充道。雅克喝酒，嗑药，情人成群，永远在追寻更强的感官刺激。他的哥哥格扎维埃总结："他是绝对的享乐主义者。他想了解一切，品味一切，消费一切。但他没有过自杀式行为，他知道底线在哪儿，从不出格。"[2]实际上，他既不是天使，也不是魔鬼。和卡尔一样，雅克有着多面性，一切都取决于他想展现自己的哪一面。克里斯蒂安·迪迈－勒沃夫斯基强调："他在互不相通的多重世界之间频繁穿梭。仿佛存在某种结界。他交际圈里也有不少人，但我几乎从来都碰不到那些人。"[3]归根结底，夜间的雅克同样散发迷人魅力。

"那个人啊！"樊尚·达雷发出感慨，"当时我还很年轻，经常在同志夜店碰到他。他优雅得让我惊为天人。他身边那帮人和他有点儿像，一群身着吸烟装的时髦同志，要么是20世纪30年代风格，要么略带奥地利风。不过，我还是尽量避开他，他让我感到害怕。据说他很凶，还有人说他是魔鬼。"[4]

雅克背负恶名，头顶邪恶光环，这让卡尔乐不可支。卡尔把他看作"魔鬼照着葛丽泰·嘉宝的头造出的男人……他是最能逗乐我的人，是我的反面。他荒诞不经，个性恶劣，同时又完美无瑕。他曾点起过许多恐怖的妒火"[5]。

卡尔在寻找另一个自己。所有人都觉得他找到了那个与自己恰恰相反的人，简单来说，也就是理想型了。

在7号店，雅克认出了迪亚娜·德·博沃－克拉翁。这位年轻姑娘受

1　与作者的对谈。

2　与作者的对谈。

3　与作者的对谈。

4　与作者的对谈。

5　西尔维娅·卓里夫和玛丽昂·鲁杰里：《没有过去的男人》，《ELLE》杂志2008年9月22日。

不了严格的管教，正想尽办法摆脱枷锁。她坦言："我的气质和模样与我良好的家庭环境完全不搭。我年纪轻轻，举止乖张。这种张牙舞爪的怪样反而吸引到了雅克。"[1]不久前，他俩在花神咖啡馆初遇。邂逅永远发生在那里，不过这次是认真的。"雅克说他想娶一位年轻姑娘，她的头衔和社会状况都与他完美吻合。这位姑娘就是迪亚娜[2]，她是公主，是玻利维亚商人兼著名艺术品收藏家安特诺尔·帕蒂尼奥的孙女。"[3]克里斯蒂安·迪迈–勒沃夫斯基表示。

雅克一边等待这场梦幻的婚礼，一边与迪亚娜夜夜笙歌。迪亚娜回想："毒品、性爱和酒精旋风般充斥着我们的生活。雅克是个极端的人，生活中的实验派。他喜欢危险，喜欢夜间的体验。在那个年代，我们有放肆的条件，一切都得到允许，实在太诱人了。我们活得无忧无虑。"[4]

如果卡尔心存好奇，他也只能从7号店的楼梯高处观察，雅克就像被深夜浮光缠住的蝴蝶。卡尔很少下楼混入人群。无论如何，他貌似一点儿也不替雅克犯愁。高田贤三说："有时我看不懂他们的关系。雅克那么自由，总是出来玩，到处都有玩伴。我心想：说到底，卡尔真的很慷慨，能给他这么大的自由。"[5]

如果说，人的内心都住着许多小恶魔，卡尔就是把雅克交给了雅克的小恶魔。卡尔自己的小恶魔似乎都很乖，卡尔长久以来伏魔有道，那些年狂热如斯都未能令他沾染半分恶习。"我仿佛隔着层玻璃橱窗度过了那些年。我欣赏那些自我毁灭的人，不过我的惜命本能超越一切。我从不抽烟、喝酒，也没嗑过药。"[6]夜晚的巴黎躁动不安，他独爱且专注

1 与作者的对谈。
2 阿莉西亚·德雷克：《美丽的名流》，前引。
3 与作者的对谈。
4 与作者的对谈。
5 与作者的对谈。
6 伊丽莎白·拉扎鲁：《芬迪与卡尔庆祝金婚》，前引。

于两项外冷内热的安静嗜好：阅读和画画。

有时，将近中午，圣叙尔皮斯广场的钟声响彻冬日晨间冷冽的空气，雅克走进公寓，用德语大喊"Mein Kaiser"——我的帝王。雅克是世上唯一能这么叫卡尔的人，也只有他能笑话这个丝毫不肯示弱的家伙。他比谁都更早击穿这位时装设计师坚硬的盔甲，而卡尔也没办法无视他。于是，卡尔帮雅克取了个外号。迪亚娜·德·博沃–克拉翁微笑着表示："卡尔常喊他'雅哥'。一切都好时，唤作雅哥；太乱来，比如做了多余的蠢事，就是雅克。"[1]

伊丽莎白要在最里面的房间里，躺倒在椅子上读书；而雅克想透过大窗户观赏宏伟的教堂。雅克一到巴黎，就梦想住到这片神圣之地，他最爱的小说于斯曼的《那边》，其故事就是在这里展开的。部分情节发生在敲钟人的家里。有两座奇怪的不对称的巨型方塔，敲钟人住在其中一座塔上，其套房占据了一层楼的空间。两位主角与房主在晚餐时会合。餐会的主题是黑弥撒，参与者是巴黎的富人阶层以及来自城中各处的大批魔鬼支持者。雅克把这本小书放在口袋里，他有时会小心翼翼地翻开它，仿佛书里藏着致命毒药；有时也会重新浏览自己已经反复阅读过的一行行文字，它们与雅克的人生故事存在千丝万缕的联系。

"这一幕为他的肉体留下惊惧的阴影，这惊惧牵制住灵魂，抗拒灵肉分裂的诱惑……正如前夜饮酒过量的人次日考虑戒酒，这天他也开始思慕纯净的恋情，远离床笫。"[2]一幅想象的画卷浮现于眼前：乳香焚烧，烟雾沿着阴暗的过道蔓延，经过一道道拱顶，最终来到管风琴台。可以想象小说的主人公杜塔尔从一场黑弥撒里脱身而出，在最古老的教堂彩色玻璃下寻求庇护，希望有可能拥有信仰。

---

1 《一日人生：卡尔·拉格斐，真实与显影》，前引。
2 若利斯–卡尔·于斯曼：《那边》，伽利玛出版社，"Folio"系列，1985。

雅克也一样，他在黑夜里寻找光明。拉格斐就像他终于觅得的保护者。"卡尔试图保护雅克不受心魔侵扰。这些恶魔会不时在雅克心里死灰复燃，朝各个方向蔓延。能有人足够爱您，赶来救您脱困，那实在太幸运了，要知道这些困境可并不全是简单、明显或体面的。"[1]迪亚娜·德·博沃–克拉翁解释道。

在雅克眼中，夜晚通常太短暂。当他走向书房，更多的画面、声音和气味涌进他的脑海。裸体、霓虹灯、烟雾⋯⋯雅克清楚流程。他面对卡尔坐下，从卡尔前一晚离开的那一刻开始，讲述夜间的经历。他知无不言，言无不尽：那些狂喜的面孔、温热的汗水、夺取的快感。圣安娜街上所有酒吧的后场密室雅克都去过，所以它们在卡尔眼中不存在任何秘密。他知道谁去过，每个人做了什么。按照迪亚娜的说法，"他从雅克对他吐露的信息中获得莫大的乐趣和莫大的参与感"[2]，"对一生都与放浪绝缘的他来说，这就是一种互换。雅克本来永远不可能体验到卡尔的人生，卡尔也永远不可能体验到雅克的人生"[3]。托马·德·巴谢尔表示："雅克让卡尔间接地体验到一些被他禁绝的人生经历和放纵行为。"[4]雅克的辉煌事迹近乎挑衅。

一天，美丽的午后时光刚刚开始，年轻而傲慢的雅克仿佛20世纪70年代版的道连·格雷，回来汇报自己的一夜风流。他是那么胆大妄为、肆无忌惮，仿佛全身都散发着醉人的香气。与王尔德小说里的画像不同的是，沉睡在里屋的那幅门采尔的画不会逐渐黯淡下去。雅克和画上的国王、哲学家、宾客一样，保持着青春、俊美的容颜。这样的美好光景，还能维持一段时间。

---

1 与作者的对谈。

2 《一日人生：卡尔·拉格斐，真实与显影》，前引。

3 与作者的对谈。

4 与作者的对谈。

危险关系

　　7号店虽然夜夜笙歌，却每天大同小异：餐厅、欢笑、鸡尾酒、舞池。令人微醺的单调节奏，因为一件事被打破。高田贤三和往常一样坐在相隔几张桌子的位置用餐。他回想："突然，皮埃尔·贝尔热和卡尔之间发出了响声……看到7号店里有人吵架，大家都目瞪口呆。"[1]虽然7号店面向多种群体，但也只欢迎能愉快相处的客人。"所有人都傻眼了。"[2]高田贤三补充道。想象一下那个场景。短暂的交锋，语调升高，争吵声回荡在整个餐厅。

　　矛盾的起因是一段爱情故事。故事的主人公不断试探着禁忌与冒犯的边缘。迪亚娜·德·博沃-克拉翁回忆："我可以用三十秒把事情讲得通俗易懂：两个男人相遇，注意到彼此，各生好感，希望进一步发展。可惜这两个人一个叫圣洛朗，另一个叫雅克·德·巴谢尔。"[3]她又

1　《一日人生：卡尔·拉格斐，真实与显影》，前引。

2　与作者的对谈。

3　《一日人生：卡尔·拉格斐，真实与显影》，前引。

补充道："我真的觉得那只是小小的意乱情迷。想当年，每分钟都有数百万次意乱情迷发生。如果皮埃尔·贝尔热不介入，事态不会扩大成这样。卡尔才不会把事情搞得这么严重。"[1]

雅克·德·巴谢尔和伊夫·圣洛朗就是在7号店产生了交集。几乎每晚，他们都隔着两三张桌子用餐。伊夫身边是皮埃尔·贝尔热，雅克有卡尔相伴。1973年底，不同桌的两个男人目光频频交汇，愈加无所顾忌。

他们互生好感，继而展开一场多情的冒险。伊夫愈陷愈深，雅克则没有那么投入。

"意乱情迷"过后，雅克还要寻找什么？迪亚娜认为："雅克是个挑衅者。他想用这点小动作把卡尔惹毛？有可能。就随便哪对普通伴侣来说，一方对自己深爱的另一方不忠，说到底还是有点儿想看对方跳脚，不然就毫无意义了。"[2]

雅克·德·巴谢尔和伊夫·圣洛朗之间的柔情蜜意大大挫伤了皮埃尔·贝尔热。不过，"卡尔从未停止过对雅克的爱，无论雅克做过什么"[3]。迪亚娜很肯定地说："而雅克也从未停止过对卡尔的爱。这个小插曲能伤害到他们的关系主要是因为媒体大做文章。不过，一段时间之后，卡尔也毫不在意了。"[4]无论如何，雅克从未贸然离开过。现实中应该未曾发生过此类戏码。

相反，伊夫·圣洛朗为情所苦，困在一段不可能的关系里，迷失了自我。他晚上出去借酒浇愁，持续嗑药。他开始不睡觉，也不再工作。

---

1 与作者的对谈。

2 与作者的对谈。

3 《一日人生：卡尔·拉格斐，真实与显影》，前引。

4 与作者的对谈。

一个夜晚，他突然开车来到圣叙尔皮斯广场。在雅克敞开的窗户底下，伊夫不停地转来转去，大喊着表露爱意。这段喧闹的小夜曲惊动了附近的警局，警察逮捕了伊夫。皮埃尔·贝尔热应该也是在深夜急忙奔赴警局，保释伊夫——至此，伊夫大约也酒醒了。

那晚在7号店，皮埃尔·贝尔热为什么不针对雅克而要针对卡尔？天才伊夫竟会沦陷在雅克·德·巴谢尔的魅惑之下不可自拔，在皮埃尔眼中，这种想法不仅可悲，也极其有失公道，甚至可能构成最大的威胁。他完全可以想象这段纠葛是针对伊夫·圣洛朗品牌的阴谋。巴黎最著名的夜店里爆发的这场对决，或许与拉格斐日益壮人的名声、他的职业规划——以雇佣兵之姿屹立业界的卡尔，可以自由地接下各种任务，并以超强执行力完成——都不无关系。皮埃尔·贝尔热此举也从侧面证实了，卡尔在20世纪六七十年代之交的时尚界所占据的支配地位。

如果说卡尔有敌人，那也不会是伊夫，而是其伴侣皮埃尔，因为皮埃尔常常一逮到机会就对想听他爆料的好事者大讲雅克的坏话。不过，7号店里的这场争吵让卡尔和伊夫的交情彻底决裂——当然，这两位老友在几年前就已渐行渐远。维克图瓦、安娜-玛丽和他俩一起乘着卡尔的敞篷车环游巴黎、四处搜寻帅哥藏身处继而回到图尔农街过夜的那些日子一去不返。迪亚娜承认了这一点："他俩早已忙于各自的创造力宇宙，这件事成了压死骆驼的最后一根稻草。"[1]

或许，这场决裂不可避免。不过真正的战争发生在卡尔和皮埃尔之间。迪亚娜表示："卡尔怪皮埃尔无事生非，还对他人造成了伤害，尤其是对雅克。"[2]按照托马·德·巴谢尔的说法："皮埃尔·贝尔热亲自

1 《一日人生：卡尔·拉格斐，真实与显影》，前引。
2 与作者的对谈。

前往圣叙尔皮斯广场威胁雅克。"[1]贝尔热坚决否认："我从来没去找过雅克·德·巴谢尔。不了解我的人才会相信这种说法。我最大的弱点，或许也能当作我的优点，就是我高超的蔑视能力。"[2]无论如何，从某个时间点开始，伊夫·圣洛朗再也无法见到雅克，也无法通过电话联系他。而雅克基本足不出户。托马·德·巴谢尔肯定了这一点：雅克变得多疑，在家里都贴着墙走路，怕球砸穿某面窗户飞进来。

1 与作者的对谈。

2 《伊夫·圣洛朗与卡尔·拉格斐：一场花边战争》，"对决"系列，阿尼克·科让主创，斯特凡·科佩基导演，法国电视五台，2015年。

城堡的主人

　　卡尔·拉格斐对那些被遗忘乃至绝密的书籍满怀热情。他在家里翻来翻去的那些著作中，除了圣西蒙[1]的《回忆录》和《弗吉尼亚·伍尔夫书信集》，还有《伊丽莎白和她的德国花园》，作者是凯瑟琳·曼斯菲尔德的堂妹玛丽·安妮特·比彻姆，她更广为人知的名字是伊丽莎白·冯·阿尼姆。她曾跟普鲁士丈夫亨宁·奥古斯特·冯·阿尼姆-施拉根伯爵移居波美拉尼亚。尽管德国北部气候恶劣，这位英国女小说家还是决定在那里专心研究英式园艺。她在她的第一本书中详述了这项事业。这本书体裁类似私密日记，于1899年匿名出版。她在书中只是简单记载了自己种的花的状态，这部作品却意外地大获成功。与卡尔的母亲同名的伊丽莎白·冯·阿尼姆写道："我们如此远离尘世，想见我们的人不得不耗费非比寻常的精力。"[2]大约十五年来，卡尔·拉

1　圣西蒙（1675—1755），法国贵族、外交官、作家，因其《回忆录》著称。
2　伊丽莎白·冯·阿尼姆：《伊丽莎白和她的德国花园》，1899，巴尔蒂亚出版
　　社，2011。

格斐也在试图以他的方式打造天堂般的田园牧歌生活，远离巴黎的迷狂。

卡尔开辟的这片"幽静角落"位于瓦讷北部，从巴黎开车过去要花四小时。在布列塔尼静默的土壤上，路边开始能见到列队的树木，简直有如魔法树林的入口。车速放慢。雅克相当得意，他有次在巴谢尔家族领地的贝利叶城堡散步时，碰巧发现了这里，他觉得是卡尔的理想之选。

围墙绵延不绝，通过墙上的一个裂缝，隐约可以看到房子的外墙。二十五扇窗，四根烟囱，一座破旧不堪的小城堡，背靠蓝天，远远矗立。其规模和风格让人很难联想到门采尔画上腓特烈大帝去波茨坦避暑时暂住的无忧宫，但它与无忧宫是同一时代建成。庞霍埃特城堡的三角楣上标记的竣工时间逃不过卡尔的双眼：1756年，也是莫扎特出生的年份。穿过庭园左侧的栅栏，一汪大池子后面有黄杨树林遗迹，曾经如同一片迷宫，邀请寂寞的人进去漫步。这里的魅力起效了。卡尔下定了决心。

1974年7月9日，卡尔·拉格斐成了一座法国城堡的主人。从儿时起，对那个理想世界的憧憬从未止息，他离这个目标又近了一步，相比于其他领域的发展，这才是他人生的主线。"卡尔每实现一个梦想，就把它丢到一边，转而追求另一个梦想，另一种现实。"[1]帕特里克·乌尔卡德解释道。这位记者曾研读过建筑史，当时供职于《VOGUE》杂志编辑部。通过以怪异闻名的意大利时尚编辑安娜·皮亚姬的引介，他在花神咖啡馆与卡尔相见。他还记得第一次接触的情景，"（卡尔）那时宣布他刚刚在布列塔尼收购了一座小城堡，毫无布列塔尼风格，反倒更像是圣日耳曼市郊那些精美的私人旅店。我立刻对他说：'城堡动工

---

1 与作者的对谈。

之前，您应该找来当年的各种论著，无论是关于住宅的，还是关于小件金银器、绘画、空间、园艺的。'"[1]。于是，卡尔·拉格斐委托这位年轻人去搜集相关论著。卡尔已经在头脑中展开了建造工程，他整理笔记，拟出草图，对各个地点进行布局，精确地描述自己的规划。帕特里克·乌尔卡德提到一些细节："他对物件所占的体量和空间使用都有清楚的概念。在他看来，每平方米都有自己的功能。要风格一致地填满表面，让每片区域带着各自的目的参与到整个住宅艺术中，而不能单纯地沦为附加装饰。这是卡尔的人生准则。他喜欢反复念叨：'新房子？在那里体验什么？'他的答案也始终如一：'工作，待客，不浪费任何一片地方。'"[2]他想象，顺着楼梯上去，有个大房间，房间外有走廊供人通行。入口应遵从实用原则，为了让客人进出方便，客厅应该设在楼下。

工程正式开始。必须在地上炸出一片水池，重建烧毁的侧翼，挖出城堡前院，改造花园。卡尔借鉴了18世纪启蒙时期的生活艺术。帕特里克·乌尔卡德接着说："他想在这座城堡里重现18世纪住宅的趣味。他非常欣赏18世纪的创造性，他宣称'舒适和人体工学的概念都诞生于这个世纪'。"[3]首先要规划光照，主要借助镜面反射。从宽敞的扶手楼梯走下来，来到餐厅，再上楼去书房工作：这些路线就好像他早已完成过很多遍美学漫步，远至庭园，再漫步于一条整齐排列着石头长椅的林荫道，尽享大树阴凉。卡尔把这条小道命名为槌球林荫道，石椅灵感取自弗拉戈纳尔[4]的画。"他喜欢在散步的最后安排一个下坡，来到河边，在一条更隐秘的林荫道上与朋友们会合，一起返回城堡。"[5]卡尔热爱建

---

1 与作者的对谈。

2 与作者的对谈。

3 与作者的对谈。

4 弗拉戈纳尔（1732—1806），法国18世纪洛可可风格画家，主要作品有《秋千》《门闩》等。

5 与作者的对谈。

筑，一切都要精确掌控，任何细节都不放过。他让人找来与凡尔赛宫一样的花盆，用来安置甜橙树。景观设计师米歇尔·里基戴尔收到了严格的指令："拉格斐先生想要一个18世纪风格的花园，缀以黄杨。他清楚自己想要什么，如果出现问题，他会让人推倒重来。"[1]光线透过窗户，充盈整个房屋。一片片水池波光闪闪，映照出天空的样子，与灰扑扑的布列塔尼石头形成鲜明对比。设想的视觉效果化作生动的现实，卡尔终于可以入住了。

　　每逢周末，卡尔都要去庞霍埃特城堡，他以邻近村庄的名字"Grand-Champ"为这座城堡命名。格朗尚，法文意为"大田"，与他的德文姓氏"Lagerfeld"意义相近。这下卡尔既是普鲁士国王也是法兰西君主，奉行贵族传统。"德式城堡没有窗帘，中产阶级才有窗帘或用来吃鱼的餐具：一种中产阶层思维，就像把贵族词缀挂在嘴边。"[2]帕特里克·乌尔卡德知道，在卡尔眼中，城堡的外观最为重要，体现了整体风貌。他继续说道："没人会来打扰他。他可以工作，为他的各大时装系列画设计图稿，或仅出于兴趣画些画……他也不会忘放一段喜欢的音乐，比如《玫瑰骑士》，然后大开对着庭园的窗户。音乐成了水池喷泉的伴奏。"[3]

　　敢踏上这片布列塔尼土壤闯荡一番的贵客之中，有卡尔的灵感女神安娜·皮亚姬。卡尔画下她百变的形象，各种角度，各种穿着。这些以花体缩写字母署名的速写稿越积越多，卡尔将其中一幅速写命名为《完美过去：真实安娜编年史》。[4]

　　巨大的木制楼梯之上，有间大屋子归雅克所有。卡尔的几间套房在二楼左边，可以俯瞰庭园。他透过窗子，可以看到喷泉和栅栏，身体稍

1 与作者的对谈。

2 巴永：《卡尔·拉格斐，凯泽林的字里行间》，前引。

3 与作者的对谈。

4 安娜·皮亚姬：《卡尔·拉格斐的时尚日记》，泰晤士与哈德逊出版社，1986。

微往前探一点儿，还能看到他喜欢在下午漫步其间的小树林，二十六公顷绿化面积。卡尔把母亲的房间安置在另一头，也就是城堡的右侧。她很少出门，喜欢观察池中躁动不安的鱼群。

继卡尔借由艺术装饰派再现战前德国之后，我们也可以猜测，他精心打造全新的田园牧歌环境，脱离时间与现实的束缚，也是为了伊丽莎白。按照帕特里克·乌尔卡德的说法："卡尔在那里度过了一个个珍贵而印象深刻的瞬间。这座城堡是一个奇迹般的世界。身边环绕着好友，更有雅克与他母亲相伴，卡尔在那里享受到了幸福的感觉。"[1]雅克·德·巴谢尔也重新振作起来。在卡尔眼里，时光仿佛凝固了。

---

1 《一日人生：卡尔·拉格斐，真实与显影》，前引。

暴雨中的蝴蝶

"道连·格雷好多年都无法摆脱这本书对他的影响。"[1]雅克和王尔
德的这位主人公都是书痴，于斯曼的《那边》他已完全默记于心，这本
书逐渐占据主导地位，萦绕在他心头。他正在实现梦想：体验恶魔般的
主人公杜塔尔所经历过的人生。卡尔允许雅克搬进自己已经不再住的圣
叙尔皮斯广场的公寓。或是出于挑衅，或是当成游戏，或是为了颠覆的
乐趣，从那以后，雅克在离教堂两步路的地方开始大搞当代黑弥撒。他
会组织一些晚会，全巴黎上流社会的政界与媒体精英都赶来捧场。其中
包括"白军帽"之夜，致敬外籍军团以及雅克的一位朋友，热罗姆·佩
洛斯，又名让-克洛德·普莱，是一名外籍军团士兵，是同性恋战士，
也是土伦市长兼国民阵线主席让·玛丽·勒庞未来的助理。[2]

雅克的哈雷摩托车傲然立于公寓正中央。车的后视镜被当成托盘，
粉色可卡因在上面被堆成一个个金字塔造型。大家可以放心享用，雅克

---

1 王尔德：《道连·格雷的画像》，前引。
2 米歇尔·亨利：《普莱-达沙里的日与夜》，《解放报》1995年8月31日。

家里的货永远是高品质的。家里某个房间里，一台显眼的妇科医用椅早已偏离了最初的用途。"雅克的聚会常常如此，晚会一开始都很无害。夜色渐深，气氛变得越来越奇怪、阴森、淫乱。"[1]克里斯蒂安·迪迈-勒沃夫斯基坦言。

聚会主题经常变换，不过还是有一些常驻主题。雅克迷恋制服。外籍军团制服和德国军装都有高高的领子，令他十分着迷。他常常会从附近的老鸽棚街消防队拉来几位消防员，清晨在楼下遇见的街道清洁工也可能成为他的嘉宾。这些人会偶遇格蕾丝·琼斯和米克·贾格尔。雅克喜欢把不同类型、不同领域、不同社会阶层的人凑到一起，这样他手握各种元素，就能把自己的夜晚化作丰满详尽的故事献给卡尔。

雅克不可避免地导演并体验了自己的败局，缓慢地坠落。他也找好了注视自己的眼睛。按照托马·德·巴谢尔的说法："卡尔观察雅克，仿佛在看暴雨中的蝴蝶。"[2]卡尔承认了自己的窥视倾向："我喜欢像罗斯丹[3]对待昆虫一样与人相处：观察他们。"[4]正如他自己所表明的，他是观察者，却从来不是挑唆者。实际上，这也无济于事，宿命只等一个时机，天时地利人和，比如1977年10月24日的晚上。

一小支队伍在蓝掌门前等待，这家位于巴黎郊区蒙特勒伊的迪斯科舞厅糅合了非洲及安的列斯群岛风情，无法进入皇宫夜总会的人就在这里聚集。在当时，蓝掌舞厅非常前卫，令樊尚·达雷记忆犹新。"这是菲利普·斯塔克的第一个工地设计项目，由超市底下的巨型库房改造而成。入口由两名凶神恶煞的大汉看守，然后要沿黑暗的楼梯下楼，扶手

---

1 与作者的对谈。

2 与作者的对谈。

3 罗斯丹（1894—1977），即让·罗斯丹，法国生物学家、作家。其父是法国戏剧家爱德蒙·罗斯丹。

4 玛丽安娜·迈雷斯：《卡尔·拉格斐的小圈子》，前引。

是荧光红色的。"[1]这必然是全年最为盛大的晚会,时尚界、演艺界人士以及记者全都受邀参加。"雅克和格扎维埃·德·卡斯泰拉受到一次纽约之旅的启发,共同想出派对主题:'黑色延迟'。它或许是首批能引来数百人参与的派对之一。"[2]克里斯蒂安·迪迈−勒沃夫斯基表示。寄给全巴黎上流社会人士的卡片上,一对括号里明确规定:务必身穿悲剧服装。具体来讲,就是要穿黑色皮衣。整个时尚界倾注数小时筹备这一盛事。"预感这次活动会非常刺激、好玩,毕竟有卡尔、雅克、格扎维埃这些有趣的人,他们当然很极端,不过也非常优雅。"[3]弗雷德里克·洛尔卡回忆道。她在出门前先召集了七名女性友人,"我们如约穿了一身黑。我们好不容易找出了平纹薄纱披巾、略带性感而又不过火的莱卡针织紧身小裙子,还有黑色皮质大盖帽"[4]。这次聚会由雅克组织,致敬卡尔·拉格斐,这位时装设计师提供了活动资金。巨型楼梯下的混凝土大厅里挤满了人,这在巴黎可谓空前绝后。晚会才刚刚开始。"想象一下,一千人浑身黑衣,妆容和服装全都很浮夸,环境非常性感,同时也相当沉重、紧张,各种道具配备齐全。"[5]克里斯蒂安·迪迈−勒沃夫斯基提道。樊尚·达雷当时也在场,"可以看到有些人扮成吸血鬼德古拉,身上点缀着黑色花边,有些人一身皮衣。在朋克年代,这并不显得稀奇……那个年代没有道德束缚,也不存在政治正确"[6]。夜生活圈的传奇人物埃德维热·贝尔莫尔戴了丝网眼罩。雅克则是一袭白衣、剑客的打扮,难道是想诠释天真?在他松垮的背带之下,一件写着他名字的T恤十分惹眼。雅克当天短发侧分,淡淡的胡子,一瓶酒始终举在唇边。卡尔终于驾到,就像一个邪恶天使:黑色长衬衫,颈托般的立领,

---

1 与作者的对谈。

2 与作者的对谈。

3 与作者的对谈。

4 与作者的对谈。

5 与作者的对谈。

6 与作者的对谈。

墨镜，靴子上有很宽的翻边，披散的长发。晚会风格突变。

蓝色激光照亮一幕幕诡异的鲜活图景。一位著名男记者穿着芭蕾舞短裙跳起了《天鹅之死》，同时假装挥剑战斗。樊尚·达雷感觉有事发生。"午夜过后，一些人在药物作用下做出了一些奇怪的举动……我心想，该走了。"[1]

高田贤三很不舒服。"不再是一场愉快的聚会……没有喝的，必须自己去找……实在太硬派了。全黑的皮具，让我很反感。我很快就离场了。"[2]毒品、性、酒精是通往快感和美的门厅，阴暗幽深又何妨。那一晚，在很多人眼中，伟大的聚会组织者雅克·德·巴谢尔将花花公子的反面表现到极致，俨然是举止颓废的堕落天使。雅克并不会因此感到不快。克里斯蒂安·迪迈-勒沃夫斯基表示："雅克心中对贫民窟有某种幻想。"[3]

卡尔是时候离开舞池了。一如往常，他只喝了几杯可口可乐。他应该上楼。如果回头望向大厅，他会看到无数肉身跟着雅克发出的节奏自我献祭，挥洒激情。这些正在被时代消费的身体，卡尔只是匆匆瞥过，那感觉还不如翻一页书纸。

再过一阵儿，卡尔将远离这片淫乱之地。他只带走一些升华的影像，或许可以用于后续的时装系列。他就着一碟芥末酱吃了几根香肠，并破例举起一杯贝利叶酒庄的白葡萄酒润润唇，这下可以画画了。

破晓时分，一小波惊慌的时髦精逃离了地堡。"有这么多夸张的家伙，穿着完全天马行空，妆都掉了一半……塞纳河畔的居民应该相当震惊。"[4]弗雷德里克·洛尔卡笑道。几小时后，媒体开始报道这场不可思

---

1 与作者的对谈。

2 与作者的对谈。

3 与作者的对谈。

4 与作者的对谈。

议的纵饮狂欢。"卡尔爱死这次活动了，因为它引起了轰动，而且在这场末日盛典留下的一系列死神般妖异的影像中，自己和伴侣大放异彩，登峰造极。"[1]樊尚·达雷分析道。这场晚会尽管气味堪比地狱硫黄，却将雅克和卡尔这对伴侣推上了神坛。暴雨之后，他们重新找回了平衡。这也是20世纪70年代巴黎时尚夜生活圈的新王加冕，是这个男人的祝圣仪式，笼罩他的层层迷雾只增不减，那道光环也同步放大。

在空荡荡的公寓里，雅克或许会回忆起一段文字："他赢得了怪僻者的名声，这都是因为他的刻意打扮，法兰绒的白色上装，带金丝银线饰带的背心，不用领带，却在衬衫领子的缺口处插了一束淡紫色的兰花，还有为那些文人提供引起轰动机会的晚餐，其中有一次，为了纪念最微不足道的不幸事件，他延续十八世纪的做法，安排了一次丧宴。"[2]写下这段文字的是于斯曼。若利斯-卡尔·于斯曼。

1 与作者的对谈。
2 若利斯-卡尔·于斯曼：《逆流》，伽利玛出版社，"Folio"系列，1977。

日落黄昏时

　　1978年9月，伊丽莎白于格朗尚城堡去世几天后，卡尔·拉格斐向亲友们报丧，讣闻简短，措辞不喜不悲，无意小题大做。"我母亲活到83岁去世，身体不错，死因要怪她自己。医生告诉她要走路，她没有照做。就是这样。"[1]他后来解释道。就是这样，散了吧，没什么好看的。卡尔自己都没在场。"卡尔不在城堡，他在巴黎工作。他母亲是突然过世的。"[2]帕特里克·乌尔卡德表明。在家传的节制美德的灌输下，不留痕迹地消失才是最好的。所以，卡尔不会再回城堡，起码不会立刻回去。母亲在父亲临死时没有通知卡尔，说明她不愿意让儿子见父亲最后一面。卡尔没有轻巧地翻过这一页，而是直接撕下生命中最沉重的篇章之一。"他可以立马斩断过去，不再纠结。"[3]埃尔韦·莱热证实。像他这样继续工作，不调整日程，不显露悲伤，那么悲伤是否也因而不那么

1　维尔日妮·穆扎：《卡尔·拉格斐巴黎家中的一顿午餐》，《费加罗报》2011年8月20日。

2　《一日人生：卡尔·拉格斐，真实与显影》，前引。

3　与作者的对谈。

沉重？在帕特里克·乌尔卡德看来，"这次死亡应该令他大受打击。命运的一记重创：这个女人一生都在督促他要勇往直前，这位逝者的影响非常深远。他保持着体面，几乎再也没有说起此事"[1]。伊丽莎白的逝世标志着卡尔人生中的一个转折点。此前，他都是用生命消化母亲严厉的话语，力求达到母亲眼中的理想标准，为了她的幸福不惜一切。

庄园周围围起了栅栏。风吹拂着庭园里的树木，池水平静无波，黄杨迷宫的地面铺满落叶。几缕苍白的阳光懒懒地照在灰色的墙面上。空无一人的房间里，画稿零星散布在地板上，犹如废纸。一些照片亦然……在伊丽莎白生前住的房间的不远处，现在摆着她的骨灰。卡尔在巴黎宣布，要将她的骨灰撒到城堡庭园里。目前还要等一等。这些搁置起来的骨灰，定格在时间里。

总之，一切都正常运作，毫无改变。至此，这座城堡化作消逝的世界；卡尔转向别处追求自己的美学志向。他回到巴黎，在大学路上租下一座巨大的私人旅馆，和旧住处相隔几个门牌号的地方。"索阿古旅馆由拉叙朗斯于18世纪初建成，19世纪被来自科西嘉的波佐·迪·博尔戈公爵买下。它比格朗尚城堡更显宏伟奢华，我觉得卡尔很高兴在巴黎购置一块地盘，完全符合他的品位，大小也合适。"[2]艺术史学家贝特朗·迪·维尼奥表示。

外部选定后，室内设计开始了。卡尔刚刚出售了自己的艺术装饰派藏品，新的怪癖萌芽。既已觅得藏宝好所在，新一轮收藏必定会持续。他到处搜罗古董，贝特朗·迪·维尼奥认为他像得了"奇货囤积症，家具、青铜器、挂毯……他这样成功入手几件18世纪传奇珍品，其中包括来自拉罗什吉永城堡的挂毯，上面描绘着圣经人物以斯帖的一

---

1 与作者的对谈。

2 与作者的对谈。

系列传说。还有一组精美的镀金青铜装饰瓷器，数把由顶级木工制造的扶手椅，数不胜数的名画，都是17世纪至19世纪的大师作品，比如菲利普·德·尚佩涅[1]、亚森特·里戈[2]或弗拉戈纳尔"[3]。另一位研究18世纪的专家达尼埃尔·阿尔库夫补充道："他尤其喜欢细木家具，也就是木头镶金制成的家具。他认为18世纪的座椅最注重舒适度，也最贴合人体。他有不少杰出且符合史实的座椅雕像。"[4]

拉格斐不是要建一座博物馆，也不是有意恶搞。贝特朗·迪·维尼奥证实："他对18世纪最伟大的精致讲究理解得很透彻，明白冬天和夏天室内装饰瓷器应当更换，日常家具和装饰家具的差异，镀金材料和水晶上烛光反射的重要性。"[5]卡尔吃饭、工作、睡觉都沉浸在18世纪的氛围里。全巴黎都在传，他不用电，喜欢用蜡烛照明。传言不假，不过仅限于一个房间。樊尚·达雷回忆："他的房间非常梦幻，床非常小，上有帷盖。我不明白他要怎么在里面睡觉！不过卡尔睡姿跟墓石上的死人卧像差不多，确实占不了多少地方。"[6]提到的那张床，也就是所谓的讲道台，雕工极其精细，覆面是黄色里昂丝绸，上有银线刺绣。

他虽然不会效仿18世纪人物的穿着，外形却也有所改变。一如往常，差别在于细节。在格朗尚城堡，他心血来潮剃掉了络腮胡，魏玛共和国时期的形象消失了。如今，他把长发扎成低马尾，请人扑石松粉，一种干性洗发剂，模拟门采尔画中的假发。他有意显摆自己迷恋的配饰之一——折扇，它和他的这套新嗜好完美融合。帕特里克·乌尔卡德评

1 菲利普·德·尚佩涅（1602—1674），肖像画家、宗教题材画家。
2 亚森特·里戈（1659—1743），法国肖像画家。
3 与作者的对谈。
4 与作者的对谈。
5 与作者的对谈。
6 与作者的对谈。

价道："形状多变的折扇配合他多变的风格，逐渐在他手中成为繁复风格之外的又一亮点。他灵巧地耍弄着这件道具，乐于摆出把自己藏在扇后的姿势。"[1]这种姿势变成了一种风格。他可以光明正大地赶走飘来的二手烟。不过最重要的是，它为他提供保护，隔开目光与人群。

---

1 与作者的对谈。

No.30

在一场名为"羊毛比赛"的时装设计比赛中，

卡尔·拉格斐赢得了大衣类的奖项，伊夫·

圣朗洛赢得了晚礼服类的奖项

No.31

1958 年 7 月 21 日，卡尔·
拉格斐在模特儿身上试衣服。
此时，他担任让·巴杜的时
装设计师

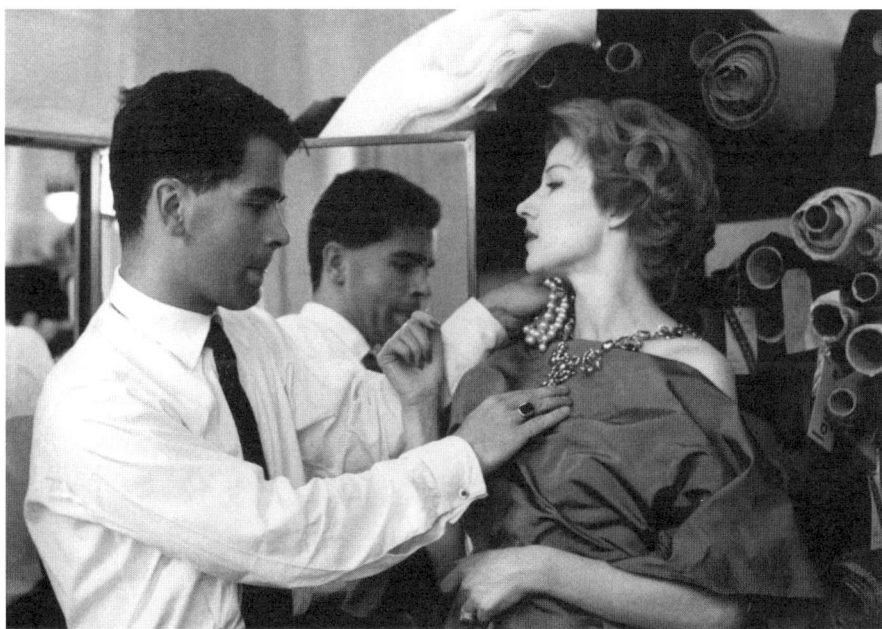

No.34、No.35
1960 年前后，在让 · 巴杜工
作的卡尔 · 拉格斐

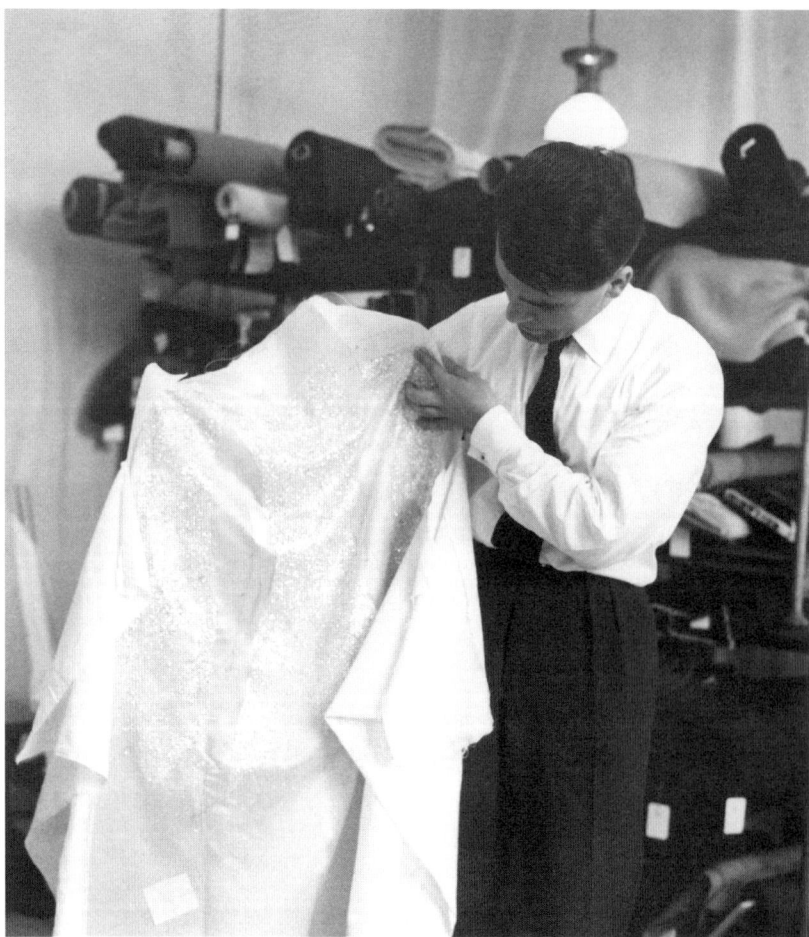

1961 年，卡尔·拉格斐
和模特儿

No.38

卡尔·拉格斐在
蔻依工作室

No.39

卡尔 · 拉格斐在蔻依工作室

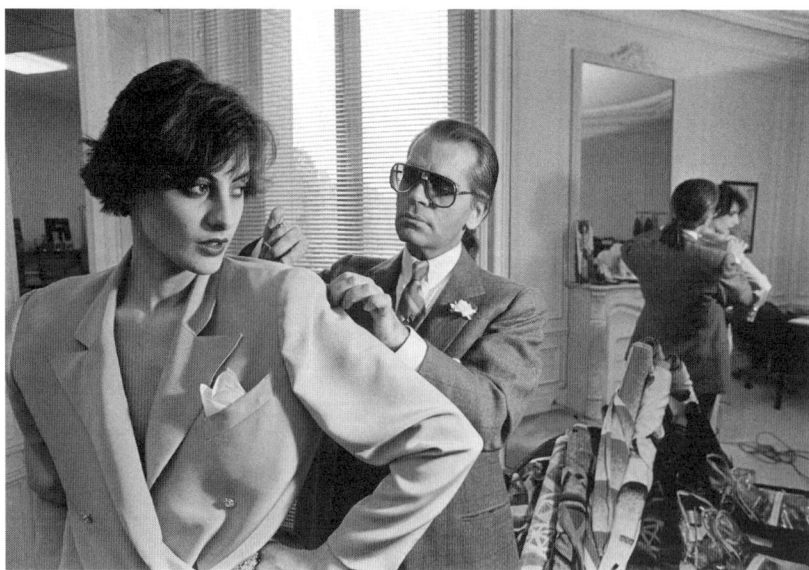

卡尔 · 拉格斐和模
特儿伊娜 · 德拉弗
雷桑热在蔻依工作室

No.42

1973 年 11 月 29 日,
卡尔 · 拉格斐在联
邦德国克雷费尔德领
奖后与模特儿合影

104

No.43

1974 年，卡尔 · 拉格斐在巴黎自己的公寓里

1976 年 7 月，卡尔·
拉格斐和两名模特儿

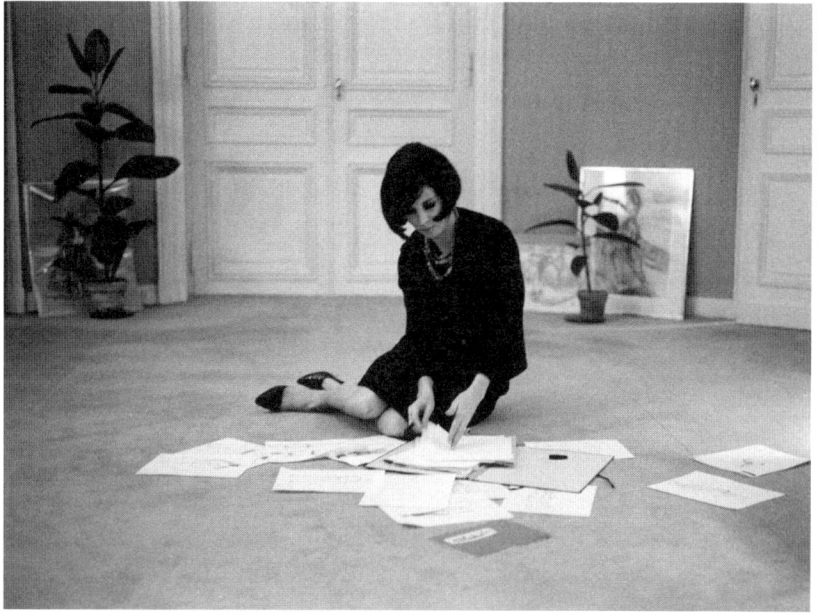

No.45

模特儿维克图瓦 · 杜特勒洛。

摄于 1964 年 11 月

No.46

1977 年 5 月 2 日，
德国汉堡，卡尔·
拉格斐和模特儿。模
特儿身上穿的是蔻依
的一条连衣裙

No.47

1978 年，皇宫夜总会在巴黎开业。伊夫·圣朗洛和露露出席开业仪式

MARIAGES

ISSANCES

ICI EST TOMBÉ
LE 22 AOÛT 1944
MARCEL PLANCHART
MORT POUR LA FRANCE

No.48

1978 年 5 月 5 日，帕洛马·毕
加索和拉斐尔·洛佩斯·桑切
斯的婚礼。在场的朋友中，有伊
夫·圣朗洛和卡尔·拉格斐

No.49

1978 年，卡尔 · 拉格斐和模
特儿在聚会上

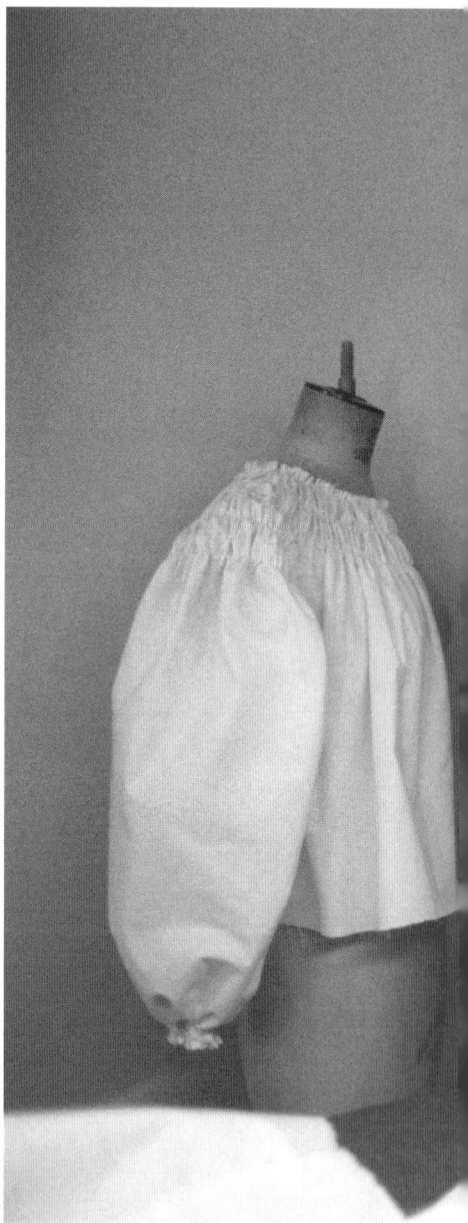

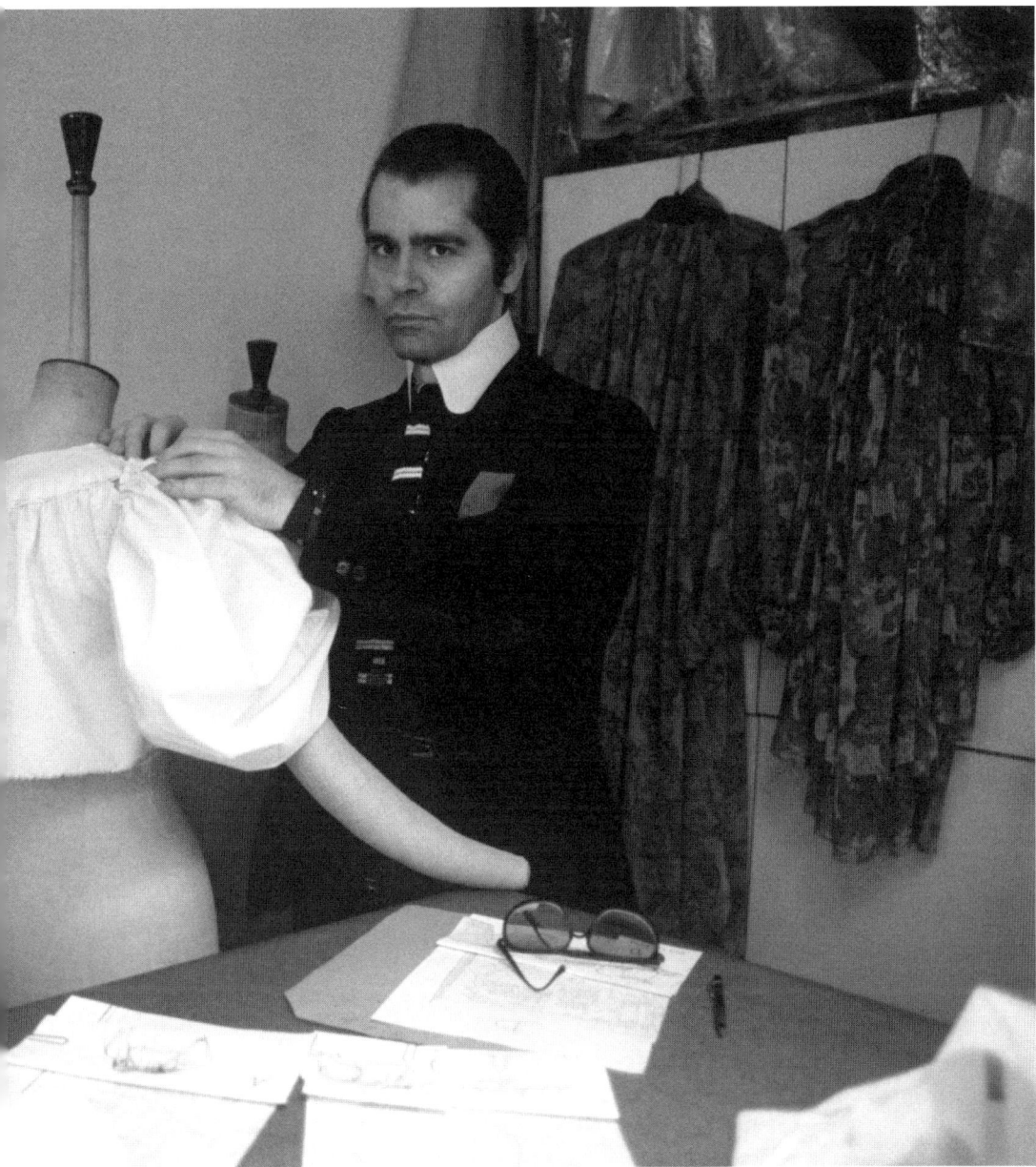

No.51

1979 年，卡尔·拉格斐在
蔻依的工作剪影。No.52、
No.53、No.54、No.55、
No.56、No.57 同

No.53

No.53

No.54

No.55

No.58、No.59

1981 年 10 月，蔻依春夏时
装秀

No.60、No.61、No.62、
No.63
日本设计师高田贤三

No.64

1979 年 10 月，蓝掌举行跳舞

马拉松比赛

No.65
皇宫夜总会

No.66

1981 年 6 月 30 日，卡尔·
拉格斐和索尼娅·里基尔在
巴黎的一个晚会上跳舞

No.67

1983 年 3 月 20 日，索尼娅·
里基尔（中）在冬季时装秀上
和模特儿合影

No.68

1983 年，卡尔 · 拉格斐、索
尼娅 · 里基尔、高田贤三、
格蕾丝 · 琼斯、帕洛马 ·
毕加索等人参加皇宫夜总会 5
周年纪念日

1984 年 3 月 21 日，高田贤三、
伊夫 · 圣朗洛、索尼娅 · 里
基尔等人与当时的法国文化部
长雅克 · 朗 (左七) 在汽车冬
季时装秀午宴前合影

No.70

安迪 · 沃霍尔正在拍摄一群

狂欢者，其中包括卡尔 · 拉

格斐和帕洛马 · 毕加索

No.71

1979 年，卡尔·拉格斐与朋
友在 78 夜总会上

No.72

1982 年，卡尔·拉格斐与歌手雷吉娜在聚会上

幽灵的风度

　　法布里斯·埃马尔将蒙马特尔市郊路的老剧院改造成皇宫夜总会，于四年前，即1978年首次开张，吸引着渴望狂欢的年轻一代。热尼·百籁驻守夜店门口，可以决定来人去留。"如果装模作样，你就进不来；如果很蠢，你也进不来；如果不想狂欢，还是进不来。但如果你一次性什么都想玩，不管有没有人带，你都能进来。必须机灵。"[1]雅克在吧台旁边勾搭服务生，迪亚娜·德·博沃-克拉翁跟着迪斯科舞曲跳着摇摆舞。"皇宫夜总会真的很棒。我们的确喝太多酒，嗑太多药，动不动就睡倒，但我们又没伤害任何人，除了我们自己，最终自食其果。"[2]至于拉格斐，他轻挥折扇，仅仅是路过而已。"他和同时代其他所有的成衣及高级定制设计师一样，都有自己的密使，这个密使每晚都会玩到很晚……他有雅克·德·巴谢尔，就像高田贤三有格扎维埃·德·卡斯泰拉，圣洛朗有露露和若埃尔·勒·邦……他们对当时夜生活的一

1　与作者的对谈。
2　与作者的对谈。

切都了若指掌，消息灵通，能提供时代风尚和人们行为变化方面的新资讯。"[1]巴黎夜生活圈的传奇人物帕基塔·帕坎表示。有人觉得卡尔现身夜店已经足够离奇，但其实好多次令人难忘的聚会都是他组织的，比如雅克构思的那场效仿威尼斯传统的盛大变装舞会。克里斯蒂安·迪迈-勒沃夫斯基对舞会名字记忆犹新。"它叫'从总督之城到众神之城'。其中一张邀请函用黑色玻璃纸和丝绸做成了眼罩的样子。卡尔戴了一顶三角帽，很像卡萨诺瓦，雅克则搞了个非常占空间的发型，模拟里亚托桥。"[2]热尼·百籁上身赤裸坐在贡多拉里，由多名巴黎消防员抬着出场。樊尚·达雷打扮成屠夫模样，"我们和克里斯蒂安·卢布坦一起偷了一箱戏服，全都拿出来分享。大家都知道卡尔办的聚会一定不同凡响"[3]。

卡尔玩得很开心，不过没有任何一秒失去理智。他在观察那个时代，新一批时装设计师的到来以及他们对年轻一代的影响：克洛德·蒙塔纳、蒂埃里·穆勒、让-保罗·戈尔捷。有些东西正在发生变化。当晚，热尼洞悉了黝黑墨镜之后的卡尔。"卡尔的双眼始终注视着盛装打扮的人群……色彩、搭配。一切都像是炼金术。从鞋子到发型、妆容……一切都井井有条。都是获得默许的怪诞。"[4]于是，她明白了，这位时装设计师正在脑中筹划着什么。

"什么？香奈儿！"

卡尔的助理埃尔韦·莱热大吃一惊。此前，拉格斐一直都在保密，突然宣称打算接手这个沉睡的奢侈品牌。埃尔韦·莱热解释道："当年香奈儿有点儿像搁浅了，停滞不前。香奈儿女士去世已经十多年，

---

1 与作者的对谈。

2 与作者的对谈。

3 与作者的对谈。

4 与作者的对谈。

我想不出我们还能怎么为这个品牌做文章。"[1]持有这种看法的不光他一人。在时尚界，没有人冒险去下这样的赌注。而且，如果有必要选个后继者，伊夫·圣洛朗才是最佳人选。香奈儿女士去世前不久，曾同意配合密友雅克·夏佐，做过一次电视访谈，她在谈话中含蓄地指定了伊夫·圣洛朗。"他越是抄袭香奈儿，他就越能成功。因为总有一天我需要有人顶替，如果我看到有人抄袭，这表示……您明白的，在抄袭之中，是有爱的！"[2]

不过事实上，她所面临的问题不在于继承，而在于转生。"……我会是一个很糟糕的死者，因为黄泉之下的我肯定会躁动不安，一心只想回归地面，重新开始。"[3]她是否最终选定卡尔米帮自己收复失地，重归台前？

伊夫过于关注他个人的荣耀，香奈儿的所有者韦特海默家族试图从别处寻找能融入这位传奇女士固有体系的合适人选。20世纪80年代初，卡尔与蔻侬、芬迪等全球各大品牌合作，都大获成功，表现十分抢眼。他是闻名遐迩的工作狂，睡很少的觉，五点不到就起床，画画，不停地画。他坐飞机，降落在米兰，几小时后重新起飞。在飞行途中，他便敲定了整个时装系列，并设计了一些新裙子。"有一天，我看到他一边品尝一盘意饺，一边要来一把齿边布样剪刀和一块皮草……咔咔咔，他把皮草剪成了意饺的形状！他让人把这些缝到大衣上，做成饰有皮草意饺的大衣，而且从效果上来说是成立的。全都是这样。"埃尔韦·莱热笑道。奢侈品牌"雇佣兵"的工作让他得以在不同品牌、不同创意之间游刃有余，不会张冠李戴，创造力也丝毫不显疲软。除了秒出创意，卡尔的好口碑还在于，他不会为了一己之私，像吸血鬼一样榨干这些品牌的

---

1 《一日人生：卡尔·拉格斐，真实与显影》，前引。

2 《香奈儿的时尚》，《20小时电视新闻》，伊西斯·拉米和雅克·夏佐，法国广播电视局，1970年7月22日。

3 与作者的对谈。

价值。他尊重这些品牌的历史、个性、规范，在此基础上为它们添上现代的闪光。

卡尔·拉格斐从未见过可可·香奈儿，不过，他应该曾在丽思酒店与她的鬼魂擦肩而过。他应该喜欢她的个性和她的作品。无论如何，当时全巴黎的上流社会都是这么认为的。私下里，好友维克图瓦·杜特勒洛遇到称赞卡尔的机会也是绝不犹豫。"我认识雅克·韦特海默，他询问我的意见。我答道：'我觉得卡尔棒极了。'他的完美在于他可以后退一步自省，跳出自身局限，可以设计桌子、椅子，什么都行！香奈儿当然也行！"[1]这正是韦特海默想要寻求的平衡，卡尔很接近。香奈儿的所有者差一点儿就要把这个牌子出售。他们不顾忌损失，一切交给卡尔自由定夺。卡尔立刻同意了，并且等不及要设计下一个时装系列，也就是1983年春夏系列。

他的方法不变：投身工作前，他要熟习设计对象。埃尔韦·莱热称："必须对品牌展开百科全书式的深入了解，理解香奈儿女士在法国时尚界的重要地位，让品牌重新与时代接轨，向前推进，讨好受众，反复制造好感。"[2]卡尔很清楚香奈儿的传说，但还想追根寻源，进一步深化主题。问题在于，档案没有保存下来。莱热表示："他亲自或托人从旧货市场买来很多老杂志。成吨的旧报纸，同样的有好几份。"[3]"他如果对某样东西感兴趣，就会撕下那一页。他做了好几部剪报集，以作灵感泉源。他凭一己之力真正实现了搜索引擎的功能：谷歌之前的谷歌。"[4]

藏书越堆越多。卡尔看书，获得启发，剪下书页，分拣，排序，凝视，脑中全是香奈儿。理论之后是实践。晚上，他前往皇宫夜总会，检

1　与作者的对谈。

2　与作者的对谈。

3　《一日人生：卡尔·拉格斐，真实与显影》，前引。

4　与作者的对谈。

验并精心剖析鲜活的素材。这些扭着腰肢的女郎……她们从旧货市场买来老式西装外套，搭配牛仔裤……狂欢之夜似乎永不停歇，他则回家继续工作。

昏睡时，可可或许在他的梦中显灵。她来找他说话，为他提点一些轮廓和材料。"我一生中做得好的东西，都是在睡觉的时候梦见的。所以，我总是在床边放一个素描本。"[1]他细致描摹，梦境里的奇遇、皇宫夜总会里的见闻和从书刊中发掘的参考资料水乳交融。他书桌上堆积的画稿，有些是香奈儿为第一个时装系列所画的廓形设计稿，那时没有"成衣"的概念，都归类为"店售"。十年来无人做成的事，他能一举成功吗？他是名副其实的后继者，还是逢场作戏的演员？

与蔻依订立的合同条款依然有效，所以他还不能正式为香奈儿工作，只能在黑暗中牵线遥控。他召来埃尔韦·莱热，请他找出香奈儿最早的一批画稿。这位助理取来一些印有香奈儿字母徽标的A4纸，卡尔用马克笔涂上鲜亮的黑色轮廓。埃尔韦·莱热眼前一亮。"我心想：'这下不用苦恼了！有的玩了！'当年的香奈儿女式套装是非常小资的经典款，而翻出来的这些设计则完全不同。"[2]第一波惊喜消化之后，两个男人之间开始了例行交接。"我每晚都去卡尔家。他给我草图，我带给香奈儿的人，并安排缝纫车间打板——我也获准参与一点设计——我拍照，给他看大家的进展。我们会在西服外套里放垫肩，之前从来没有在西服外套里加过垫肩……我们把裙子变短，做跟高九厘米的鞋。我没记错，九厘米……如今算平底鞋，但是在当时，简直令人眩晕！"[3]"还有成吨的珠宝、性感女郎，完全不是香奈儿。"[4]

这是摇滚风、朋克风、夜店风。卡尔正在密谋一件大事：让可

---

1 让-克里斯托夫·纳彼亚斯和帕特里克·莫列斯：《卡尔看世界》，前引。

2 与作者的对谈。

3 与作者的对谈。

4 《一日人生：卡尔·拉格斐，真实与显影》，前引。

可·香奈儿爆炸。不过，他要让一切都处于控制之下，亲自确认一切进展顺利。

有些夜晚，他沿着康邦街一路靠墙走，悄悄潜入沉睡中的31号。可可·香奈儿跟着他，回到了家。她藏在最后几级台阶上，观看了一场又一场时装秀。碎裂的镜面上反射出无数个她的魅影。然后，她来到自家公寓，仿佛有毡垫隔音，一片静悄悄，四周有很多中国漆器、一个书架和米色的地毯。她靠近窗边，望向康邦街。

卡尔还有工作要做，然后才能坠入梦乡。

虽然他应该低调，但时尚界还是知道了拉格斐正躲在幕后悄悄筹划着香奈儿的下一场时装秀。大家都在风云变幻的转角处等着看他的好戏。正如女记者贾妮·萨梅特所说，许多人怀疑这位德国时装设计师是否有能力重新点燃法国传奇之火。"大家听说卡尔·拉格斐要接手香奈儿，全都很期待，真的是个挺怪的主意呢……"[1] "大家都确定他会杀死香奈儿原本的形象。"[2]

1982年10月18日，卢浮宫的卡利庭院里搭起一顶顶帐篷，媒体人士齐聚帐篷之下，迫不及待地想要一睹这位时装设计师的梦幻巨制。一百二十二名模特儿终于开始走秀：短小的裙装、凌乱的发型。卡尔从旁窥视大家的反应。时装秀结束时，他无法上前行礼，他溜走了。

埃尔韦·莱热想起当时的场景："第一场时装秀引发了公愤，人们都在说'我们来香奈儿可不是为了看这个的'。所有人都在期待一套非常经典的东西，他却打破了陈规。"[3]发布会次日，《国际先驱论坛报》的记者赫柏·多尔西随声附和了这些激烈抗议："还好可可·香奈儿往

---

1 与作者的对谈。

2 《一日人生：卡尔·拉格斐，真实与显影》，前引。

3 与作者的对谈。

生了，她要是看到肯定一头雾水。"[1]演员玛丽-若斯·纳特看完这场时装秀，还没从震惊中缓过神来。"我可不是为了这个来香奈儿的。"[2]又一位看客心灰意冷，如丧考妣，简直是世界末日。"香奈儿就是法兰西！"[3]面对这些锁链、珍珠和鲜艳的色彩，美国人赞叹其风格之大胆，欧洲人却都气呼呼，哀悼可可·香奈儿的逝去，久久不能平静。

至于拉格斐，他这步棋下对了。"要想让一个品牌复活，没有什么比一场轰动更有效。他简直如有神助。"[4]埃尔韦·莱热表示。在媒体的报道中，这个时装系列和卡尔并不存在直接关联。本人的缺席进一步加强了他的光环。

这波媒体骚动之后，正式的高级定制时装系列发布会定于1983年1月25日下午三点，在康邦街展厅举办。这个系列更乖巧，也更经典，同时不失创新张力，让所有人心服口服，大家立刻为之倾倒。"很快，我们这些女人全都想穿香奈儿，尽管六个月前，谁也不愿穿香奈儿。"[5]贾妮·萨梅特回忆道。这次时装秀标志着卡尔正式加入香奈儿团队，开启了他作为艺术总监和品牌的长期合作。和芬迪一样，香奈儿可以算是卡尔合作时间最久的品牌之一。

定制系列最终让大家忘记了之前的第一场秀，那其实才是卡尔在香奈儿真正的起步之作，不过目前留存的照片和文件都极少，品牌本身似乎也匆忙将之打入冷宫。但其实那才是卡尔持续投入三十多年心血、最有代表性的作品。先感受时代，再将时代元素与品牌个性大胆融合，有

---

1 赫柏·多尔西：《香奈儿开启性感路线》，《国际先驱论坛报》1982年10月
　19日。

2 同上。

3 同上。

4 与作者的对谈。

5 与作者的对谈。

了打磨第一个系列时摸索出的这套方法奠基，销量才能飞速攀升，才能开拓一条影响力巨大的成功之路。在卡尔看来，成功的灵感源于文学，他还有条格言永远挂在嘴边。"在探索如何让香奈儿的风格与时俱进时，我想起了歌德的话：利用过去的元素创造最美好的未来。"[1]

恰是20世纪80年代初，卡尔还缺一位能诠释品牌愿景的演绎者。

1 让-克里斯托夫·纳彼亚斯和帕特里克·莫列斯：《卡尔看世界》，前引。

巴黎女人

　　伊娜·德拉弗雷桑热一头棕色短发，淡施唇妆，快步来到康邦街。她推开工作室的门，门上还留着香奈儿女士用来划定私人空间的"Mademoiselle, privé"（闲人勿扰）的字样。卡尔在等待伊娜的到来。伊娜走到大桌前。桌上放着一瓶巨大的五号香水、一本日程簿、几支绿色铅笔。卡尔背对窗户，在画画。他戴着浅色眼镜，灰发结成低马尾，系了蓝领带，黑色西装外套，西装领上的扣眼装饰着白花。几名助理围着他转。埃尔韦·莱热笑道："他是公认的危险人物，会给你一包草图希望制成样衣……并根据样衣试穿状况创造出新的板型。他可以一边给主管裁缝车间的女士下指令，一边和记者说话，一边画个不停。"[1]

　　年轻的伊娜欠身给他一个拥抱。

　　"早上好，伊娜小姐。"

　　卡尔发掘了这名二十六岁的模特儿，觉得她不仅仅是灵感女神——他个人对巴黎、女人和香奈儿怀抱的所有幻想，终于有了一个化身。不

1　与作者的对谈。

着边际的浩瀚宇宙集于一副身体、一种风情、一股精神。他喜欢她自然的时髦感，伶牙俐齿，自由自在。贾妮·萨梅特表示："她是第一位能展露胸衣而又不失优雅的模特儿。她走着台步，抓起自己的西装外套，脱下来，扔给台下观众。她的存在就是一种才华。"[1]伊娜常爱对媒体提起，加布丽埃勒·香奈儿一度希望招她的母亲进公司，但必须剪去长发，她母亲拒绝了。在卡尔眼中，事情显而易见。"伊娜完全体现了香奈儿的理念……无论如何，我也没找到更好的人选，其实我根本没去找。我别无选择，不存在其他选项。"[2]

和往常一样，他语速飞快，简直如同钢琴断奏。伊娜在他身后的角落里抽烟，她注意到模特儿们和他的合影。卡尔不假思索地说："她身材凹凸有致，但我不喜欢她的双腿。"还能听到他脱口而出"她真逗"[3]"我很欣赏这种特别好斗的小妇人，我觉得非常好笑"[4]之类的话。

开工了！他站起来，走到工作室的另一头，那里放着一卷卷彩色布匹。他接过别人递来的一大块粉红色布料，折了折，裹在正用手捂住胸部的伊娜身上。他没有特别看向谁，直接问有没有更浅的粉红色。有人给他找来，但他又觉得颜色太浅，想要偏橘的色调。他继续一边将布料披到伊娜身上，一边思考。"不行，这个，感觉脏，嗯……"[5]有时，伊娜也能贡献一点想法。助理们在一旁看着。卡尔一边说话一边围着伊娜转。他随时画出设计稿，继而直接在伊娜身上实现自己的创意。在卡尔这里，伊娜·德拉弗雷桑热变得不可或缺：卡尔"需要在伊娜身上看到清楚、直观的效果"[6]。

---

1 与作者的对谈。
2 高蒙百代档案，1984年10月25日。
3 同上。
4 同上。
5 同上。
6 吉耶梅特·德·赛里涅：《风尚：卡尔王子》，前引。

卡尔让品牌首次破例，与这名模特儿订立了一份独家合同。他想将这位年轻女性打造成明星，香奈儿全新的品牌形象以及法式女人味的化身。有时，几乎全场时装秀的服装都交给她来展示。"我基本要接在自己后面走。我有二十来套衣服要穿……大约一分钟的换装时间。其实，为的是让我看起来更接近目标客户，而不只是一名模特儿。"[1]

这段合作硕果累累，却在六年后突然终止。"伊娜在卡尔手下受了不少罪……比如苦等好几小时，无所事事。直到有一天，她邂逅了一名男士，他对她说：'我受够了你总是凌晨三点回家。'[2]"贾妮·萨梅特说道。这么概括可能略显笼统，但也说出了部分实情。卡尔不能忍受周围的人主动离开他。官方说法是，他不满意伊娜在1989年当选自由女神玛丽安娜上身像原型，代表国家化作雕像端坐于法国市政厅。他丝毫不念旧情。"如今这一章完结了。我不会帮定级文物做衣服。"[3]

她也毫不示弱。"你以为弗里吉亚帽收不了你这低马尾？"[4]阿尔莱蒂式的反驳让这场离异板上钉钉，合约解除。"她要走秀的话，她自己去走咯，反正我不打算跟她合作了。很简单，她不再为我带来灵感。"[5]

其他灵感女神接连出现，不停更替。新一轮的离别，故事重演。无论如何，伊娜的故事翻篇了。"是我成就了她，没有我，她还和其他人

1 《1983年：伊娜·德拉弗雷桑热成为香奈儿品牌独家灵感顾问》，《时尚精彩片段》，时尚商业网，2014年8月13日。

2 与作者的对谈。

3 玛丽-阿梅莉·隆巴尔：《卡尔·拉格斐：我对伊娜的看法》，《费加罗报》，日期不定。

4 塞尔吉·拉菲：《胆大的卡尔》，前引。

5 玛丽-阿梅莉·隆巴尔：《卡尔·拉格斐：我对伊娜的看法》，前引。

一样胳膊下夹着本子到处跑试镜。她很美，但并不上相。现在吃香的是更加性感的模特儿。影棚里挤满了个性有趣、外形迷人的姑娘。"[1]他再一次拒绝回头。

---

1 玛丽-阿梅莉·隆巴尔：《卡尔·拉格斐：我对伊娜的看法》，前引。

画的中央

街上的喧嚣逐渐淡出。宾客们走进大学路时不禁屏住呼吸，他们已经穿越到两百年前，只差当年的服装和豪华马车。宫廷、宏伟的入口、旋转楼梯间、按序排列的房间……"这很少见。我们知道巴黎有很多私家旅馆，有些是部长政要专用的，另一些则采用了风格不当甚至刺眼的室内设计。但卡尔家一切都很完美，非常大气的装饰风格和精美的物件、家具结合得天衣无缝。"[1]贝特朗·迪·维尼奥表示。

当晚，拉格斐在家招待宾客。他似乎热衷于这些豪华的晚宴，让全巴黎上流社会齐聚于一张张雕饰华丽的巨型餐桌——正值20世纪80年代，餐桌风格与巴黎上流社会的主流审美相去甚远。卡尔身穿与雅克一同在米兰的卡拉切尼购得的深色套装，系一条领带，搭配一件条纹衬衫。

晚餐前，卡尔会给朋友们分发一些书。"他一直试图与人分享自己对18世纪的爱。他送我一本关于缝纫用品商的书，作者是英国一个

---

1 与作者的对谈。

博物馆的馆长，名叫卡罗琳·萨詹森，还送我一本剧作家兼小说家里科博尼夫人[1]的小说集。"[2]达尼埃尔·阿尔库夫回忆道。桌子已经提前摆好，白色餐巾、水晶杯、银餐具。桌子正中陈设的花束是卡尔精心设计过的。在他左侧的是女性友人安娜·皮亚姬，他的正对面坐着雅克·德·巴谢尔。三人又从各自的圈子里挑选出一些有影响力的精英，围坐一旁：负责报道时尚资讯的编辑、记者、摄影师。卡尔一只手肘撑在桌上，大拇指抵着下巴，他维持着这个姿势纹丝不动，仿佛神游到了别处。贝特朗·迪·维尼奥猜："可能有那么一些瞬间，他心想：'18世纪将我环绕，周围的人默认入戏。我是画中人，门采尔画里的腓特烈二世。'"[3]

一次次秘密会谈在烛光下进行。摇曳的烛光被映照在高处的多面镜子里。一扇始终打开的门，让人想象暂时隐藏在黑暗中的其他房间。其中一间房里安置着这幅名画，不是挂在墙上，而是搁在地上。"这幅画本身就是一件遗失的名作的复制品，它描绘的一系列名人肖像十分鼓舞人心，被主人当作私密的保护符，而不是艺术品，所以在家里的摆放位置始终很隐秘。"[4]帕特里克·乌尔卡德解释。这幅画非常受宠，是贯穿设计师一生的灵感源泉，而且从未失宠，却输给了生活本身。主人转而痴迷于在现实中随心所欲地变换方式演绎这幅画。

卡尔深爱18世纪启蒙时代，他参与资助了法国历史遗迹的修复项目。某些夜晚，他在自家会客室里召集几位钻研18世纪的专家，建立起内行人士的小圈子。贝特朗·迪·维尼奥位列其中。"多亏了卡尔的慷慨相助和洛尔·德·博沃-克拉翁的积极发起，我们已经创建了一个修

---

1 里科博尼夫人，曾是一名演员，后来放弃舞台从事文学，成为很受人欢迎的小说家。

2 与作者的对谈。

3 与作者的对谈。

4 与作者的对谈。

复私人文物的奖项，归属于当时由亨利–弗朗索瓦·德·布勒特伊担任主席的历史住宅协会。我们会考察有可能获得卡尔慷慨资助的城堡，投票选出我们眼中有着最严密的修复计划的。"[1]评选揭开帷幕。就着更多蜡烛的光亮，候选者文件在不同的人手中默默传递。战火肆虐时期，有个少年曾在脑中创造了一个由诸多国王和公主组成的理想世界。那个少年仍未改变，他始终屹立正中，被同意入戏的群演们众星捧月。"门采尔画中的氛围得以重现。我觉得这就是他想要的，而我们自愿为他效劳。"[2]达尼埃尔·阿尔库夫回忆道。然而，这场游戏还要经受现实带来的其他磨砺。

---

1 与作者的对谈。
2 与作者的对谈。

一个时代的终结

被派到皇宫夜总会门口站岗的热尼·百籁密切观察着潮流趋势以及场中情绪的流动和气氛的变化，不会有一丝疏漏。她心知肚明。原来每晚出来玩的那些人，那些曾经把车停到邻街、匆忙在车里换装的人，开始留守家中。他们睡觉，看电视，或者去别处找乐子。在皇宫夜总会的店堂之内，会员入口和地下餐厅将空间一分为二。不同类型的人群混玩的时代结束了，楼上是客人，楼下是明星。某些东西正在消退，崩塌。仿佛已经达到极限，往后再没有什么可以变得更美、更疯狂了。"店里空了，感觉所有人都精疲力竭。流言四起。从某种意义上讲，大家嗅到了死亡的气息。"[1]她总结道。

时尚界和夜生活圈落入一种无人愿意相信的病魔爪下，沦为首批受害者。但是显而易见的现实，让人无法逃避。艾滋病卷走了越来越多的朋友、熟人和同事。人人都在通讯录上接连划掉许多名字和生日，频

---

1 与作者的对谈。

频相约在次日的下一场葬礼上见。和许多人一样，高田贤三大受打击。"从1986年、1987年起，人们相继死亡。那段时期很恐怖，所有人都心惊胆战。我几乎失去了半数的朋友。"[1]卡尔目睹越来越多的生命消亡，同样从内心感到恐惧。懂得回头看看，有时或许会好受些。

这天，拉格斐系了一条米色花纹领带，穿了一件粉红色衬衫，纯白的立领与叠襟双排扣西服套装口袋里的装饰手帕搭配协调。他一头银发，手肘撑在阳台栏杆上，眺望远处的地平线。阳台下的海景美得令人窒息。有时，在非常早的夏日清晨，还能看到科西嘉的海岸线。右侧是摩纳哥岩、圣母无染原罪主教座堂和摩纳哥王宫。1981年弗朗索瓦·密特朗掌权后，摩纳哥亲王阿尔贝二世建议卡尔注册为摩纳哥公民。卡尔听从亲王的建议，在刚刚竣工的罗卡贝拉高楼顶层找到了一套公寓。他在巴黎的住所饰满了雕花线脚和镀金材料；而在这里，墙面是灰色的，家具极富现代感，采用了孟菲斯风格，紧跟米兰刚刚兴起的这场设计与建筑的运动大潮。"在这幢现代化大楼里，我觉得别无他选……我一眼看中，心想：'这些家具对这块地方来说是完美的绝配。'感觉很快活，和大海很搭，并且所有家具都取了海边的地名：内格雷斯科、迈阿密海滩……"[2]

拉格斐实现了室内和室外风格的完美统一。会客室中央，一块风格化的拳击场地十分招摇。公寓装潢通过三原色、方形和圆形的混搭，体现出意大利孟菲斯美学运动的特征。"卡尔擅长提取风格的精髓，打造符号化的形象。看圣叙尔皮斯广场公寓、索阿古旅馆、蒙特卡洛的孟菲斯公寓，风格很多变。"[3]帕特里克·乌尔卡德归纳道。

---

1 与作者的对谈。

2 《肖像》，让-路易·潘特、斯特凡·扎帕希尼克，皮埃尔·西塞尔导演，德尼·利蒙和克洛德·德弗朗德尔制片，法国电视三台，1987年1月23日。

3 与作者的对谈。

一支电视团队前来拍摄卡尔的新项目。约定的拍摄地点在罗克布吕讷–卡普马丹之上，那里屹立着一座占地六百平方米的别墅，最早由一位英国爵士在19世纪末建成。卡尔·拉格斐已经盯上它很久了，住进这座莫名其妙封锁多年的老宅是他的梦想。他准备投资圆梦。"因为这个原因，它名声在外，变成了某种神秘宅邸，毕竟没有人确切了解这里发生过什么。也就是说这里其实什么都没发生过。"[1]卡尔语带嘲讽。不过，这座别墅里有不少幽灵出没，其中包括黛西·德·普勒斯的鬼魂，她曾于1914年战前时期居住于此。贝特朗·迪·维尼奥说："她是爱德华时期的英国贵妇，嫁给了一位极其富有的德国亲王。卡尔让我了解到这位名媛。在他眼中，她是美好年代蔚蓝海岸上绝对优雅的象征。他有海勒[2]为她画的肖像。"[3]拉格斐发现黛西·德·普勒斯留下了一些日记。还有其他一些上流社会名媛集中体现了美好年代的精髓，比如作家兼记者黛西·费洛斯或演员兼建筑师门德尔夫人，她们都被卡尔视为灵感来源。他常爱跟别人说的一段逸闻是，门德尔夫人来到雅典卫城，大喊："噢，米色，我的颜色！"

别墅的工程开始了。帕特里克·乌尔卡德回想道："这套别墅有一系列问题。需要改造出一个楼梯，经过三次尝试，才做出了基本符合空间大小的楼梯。因为卡尔不喜欢会客室太宽敞，嫌那样不舒服，我只能安排一些立柱，把空间有序隔开。他热衷于一切艰巨难解的建筑问题。"[4]卡尔成日在油漆桶之间闲庭信步，已经成了习惯。"我爱工地。我更喜欢自己对事情的想象，而不是完工后的样子。我喜欢的是为做事

---

1 《肖像》，前引。

2 海勒（1859—1927），法国油画家、版画家，擅长描绘巴黎上层社会中花花公子、贵妇人的各种形象，并以此著名。此外亦作肖像画、风俗画、素描及少量的风景画。

3 与作者的对谈。

4 与作者的对谈。

而做事。收藏也一样。我做收藏，也收藏各种房子。"[1]建造，依旧且永远在建造，这样就能避免眼睁睁地任由时间操纵一切。

维吉成了他的美丽新宇宙。透过这样一个视角，卡尔看到了他希望了解的奇异魔法世界。贝特朗·迪·维尼奥表明："他自娱自乐地重建了20世纪头20年间蔚蓝海岸的氛围。不是充斥着泳衣和防晒油的蔚蓝海岸，而是人们戴着巴拿马草帽，身穿优雅连衣裙，频频往来于海滩上的景象。以冬季为主。"[2]黄昏将近，在窗帘、织物、舒适的家具和细木墙裙之间，很快将会魅影四起，或许是黛西公主和了不起的盖茨比。在那里，雅克当然也拥有自己的房间，采用哥特复兴式的装潢风格。

在录下的影像中，卡尔坐在自己白色的劳斯莱斯后座上。他透过茶色镜片看着摩纳哥公国的大街小巷鱼贯而行。可以想象，他在这里就像在自己家。他如愿以偿地与格里马尔迪亲王家族，特别是卡罗琳结交友谊，自己儿时对公主们的幻想得到了满足。在回巴黎的飞机上，他拿出一本厚厚的长方形本子，开始画画。这个本子从某种意义上来说，是剪报本，他称为"视觉日记"。内有几十张照片、剪过的肖像名片照、上了色的电话号码。"那里面什么都有。我几个工地的状态、一些小收藏、我车子的照片、好记的车牌号，诸如此类。"[3]

建造无止境，同时也伴随着修补，因为害怕失去。

---

1 《肖像》，前引。
2 与作者的对谈。
3 《肖像》，前引。

崇高的爱

　　卡尔一回到巴黎，就赶到康邦街的工作室。他花了点儿工夫看一些打板模型，下发了一些指示，又前往位于香榭丽舍大街上的卡尔·拉格斐品牌总部。他在1984年创立了这个自有品牌。一直以来，他仿佛都在逃避自己的身份，所以犹豫了很久，才决定用自己名字作为招牌，印在衣服上。他在香榭丽舍大街上找到了另一间工作室，与他亲爱的阿妮塔·布里耶重逢。他在蔻依结识的这位女裁缝之后再也没有离开他，随时聚精会神地聆听他关于服装的一切指示。卡尔能在不同宇宙间轻松游走，切换完就把前面的彻底忘了。"为此，我养成了一种健忘症，很奇怪。如果您在香奈儿的办公室里问我一件关于 KL 的事，我就无法回答。在 KL，如果您想问我一件关于香奈儿的事，我也不知道。"[1]

　　拉格斐不愿念出自己的名字，而是使用缩写"KL"。拥有自己的时装品牌一直都不是他的职业目标，这个自有品牌只是他为之效力的品

---

1 《13时日报》，威廉·莱麦尔吉和帕特里夏·沙尔纳莱，无线二台，1988年3月18日。

牌之一。在 KL，往后采用的姿势也会和在香奈儿或芬迪一样。同样的严格要求，同样忠诚的助理们围着他轮轴转。他用黑色马克笔在模特儿穿着的白衣上做标记，并对阿妮塔提出要求："这件，我希望它变得更直些，做出这样的角度，会容易很多。"[1]阿妮塔一口答应："好的，卡尔。"

等到所有人都离场，卡尔·拉格斐有时会在凌驾于香榭丽舍大街的阳台上多待一阵子。夜幕降临，时间似乎停住了。

在本已相当繁多的活动之外，卡尔又新增了一项，在他看来或许是最重要的活动之一：摄影。如今，他亲自制作香奈儿的媒体宣传义件，策划广告活动。他也会遥控快门，在自己的镜头前摆姿势。在那些自拍肖像上，他的姿势很单调，仿佛僧侣入定。雅克成了另一个经常出现的拍摄对象。为何这么需要留住当下？难道是一种华丽的防御手段，好忘掉迫近的悲剧？

卡尔的工作台上摆满了雅克的照片，其中一张照片出自卡尔在摩纳哥的好友兼邻居赫尔穆特·牛顿之手。照片里的卡尔手拿折扇，和雅克一样穿着浅色套装，雅克看起来很虚弱。另一个影像：雅克在他位于里沃利街的新公寓露台上摆拍。他看向镜头。卡尔也在场，就在他身后，背对着镜头。在照片里，我们只能辨认出他的西装外套、眼镜腿和低马尾。

他们的关系非常稳定，可以追溯到十六年前的初次相遇。卡尔始终支持着雅克，精神支持和资金支持，为他提供衣装和食宿，承担聚会花销，宽容他的各种误入歧途，帮他实现各种怪念头，尤其是这一桩：帮他和迪亚娜·德·博沃-克拉翁在罗马举办订婚仪式。迪亚娜回忆："我爱上了雅克，他也爱上了我，卡尔觉得这样很美妙。他不屑于嫉妒，他很懂得配合我们的恋情。当时的我们，就是一对头脑发热、毫无

---

1 《肖像》，前引。

章法的年轻恋人。这两只小恶魔觉得人生中没有比开拓极限更好玩的事了。可怜的卡尔在这段情感纠葛中表现得非常令人敬佩。"[1]订婚仪式的聚会办得很风光。此后，迪亚娜住进了卡尔留给雅克的圣叙尔皮斯广场公寓。事情发展到一点儿都不好笑的程度。"必须停止游戏。"[2]她总结道。停止扮家家，这样对所有人都好。

雅克·德·巴谢尔在里沃利街的各种拱廊下散步消愁，那些拱廊仿佛让他走进了巴尔扎克的世界。他刚从纽约回来，带了不少适合卡尔后续时装秀使用的音乐。卡尔为雅克在杜伊勒里花园租了套公寓。雅克走进公寓，漫步于入口处长长的走廊。那里陈列着许多雕像，是他在一位电影布景师的工作室里定制的，全都是照着他的样子做出来的。他看到镜前的自己，却略感陌生。

然后，他驱车赶往南特附近的家族封地贝利叶城堡，看望母亲阿梅勒。托马·德·巴谢尔很高兴再次见到这位叔叔，因为雅克一直是小托马心目中的英雄。托马回忆道："一天，我和堂兄弟们闲极无聊，雅克从巴黎打来电话，对我们说：'那你们玩扑克牌好了！'我们都很小，回答他没人会玩扑克……"[3]几小时后，铃声再次响起。"二十分钟后，到荣誉庭院，看天空！"雅克吩咐。说好的时间到了，借给南特的第一次世界大战双翼飞机划破长空，空中下起了纸牌雨。紧接着，飞机俯冲到四个男孩脑袋上方。"他在后面很近的田地上着陆，打扮成安托万·德·圣–埃克苏佩里的样子，皮帽、白围巾加身，手提一小箱赌博筹码。他陪了我们一下午，教我们玩扑克。"[4]旧事重提，托马脸上依然泛起惊喜的表情。

---

1 与作者的对谈。
2 与作者的对谈。
3 与作者的对谈。
4 与作者的对谈。

当天，雅克一回到贝利叶城堡，就直接冲进了自己的房间，他需要休息。托马知情有一阵子了。"我们从他口中得知他病了。他没有对我们隐瞒真相，也没有故意夸大病情。他只讲事实，向我们坦白他得了什么病以及可能的后果。"[1]雅克发现自己感染了艾滋病毒。他把自己的人生做成了艺术品，他始终遵循着自己设定的计划。他不为任何事后悔，也没觉得付出了任何代价。"他承担一切后果，没有抱怨命运不公，他尽最大可能不麻烦我们。"[2]托马表示。为贯彻花花公子游戏人间的宗旨，雅克把自己的消失玩成了一场游戏。托马接着说："他有种百无禁忌的游戏感。他会编排自己的遗言，在我们面前用磁带给自己录音，故意说些惊人之语逗我们笑，同时，他也很清楚遗言在大家面前曝光时会产生的效果。"[3]

尽管雅克营造出一种泰然接受末日来临的假象，他的病情似乎让卡尔陷入了深深的不安。托马回想雅克的身体状况恶化时，"卡尔向他提议，如果他能增重十公斤，就送他一辆阿斯顿·马丁。也是无奈之举，这么荒诞的提议，来自一个不想眼睁睁永失所爱的人"[4]。

生命中唯一放不下的那页篇章都将逝去，他还能怎么办？继续前进，不惜一切代价。"必须这么做，哪怕只是为了让雅克继续……"[5]迪亚娜·德·博沃-克拉翁表示。

与维克图瓦在丽思酒店共进早餐时，卡尔喜欢利用各种秘密营造神秘感，而这个秘密他倾向于避而不谈。为了保护雅克，他希望无人知晓雅克感染了艾滋病毒。知情的亲友们不会提及他的病情。必须耍点障

---

1 与作者的对谈。
2 与作者的对谈。
3 与作者的对谈。
4 《一日人生：卡尔·拉格斐，真实与显影》，前引。
5 同上。

眼法。于是，卡尔偶尔会在公共场合责怪雅克的脸色太差。不过，雅克随他一同现身的情况越来越少了。"卡尔想让雅克远离社交场合。有两个理由：首先是，卡尔希望尽可能将雅克保护起来，一直照料他到最后，他也做到了这一点；其次是，时尚魅力与病态凑在一起并不好看，卡尔……从未打算把他的病编排成戏剧场景。"[1]托马·德·巴谢尔分析道。

1998年末，雅克住院治疗。卡尔这边一切如常，不露出一丝异样。女记者佩皮塔·杜邦受《巴黎竞赛画报》之托，去卡尔位于大学路的家里采访，就什么都没注意到。"他很亲切，竟然在星期天花很长一段时间接待我。与他在大学路人行道上告别时，我看到他的司机在等他。他告诉我：'我有个朋友病得很重，住在加尔舍医院。'但他并未提及朋友的名字。我回了一些客套话，望早日康复一类的寻常说法。"[2]她回忆道。

司机开车穿越略显灰暗的巴黎。一位女士会与卡尔并肩面对困境。迪亚娜·德·博沃-克拉翁在自己家里等着这辆劳斯莱斯，然后上车坐到卡尔身旁，嘴角泛起悲凉的微笑。她回忆往事："我们'连轴转'，因为我们爱着同一个病号。我们需要团结。"[3]"逐渐失去那个珍视之人的过程中，我们所经历的痛苦和悲伤是非常个人的，但是偶尔我们也需要两个人一起度过。我俩总是想方设法，保证至少有一个人在病房陪护。那阵子确实相当凄惨，但我们试图尽量让雅克感到幸福、舒适、安心。"[4]黄昏时分的背景，衬托出住院大楼的剪影。"医院很阴森，医生们都穿着衣裤相连的工作服，仿佛他们边上是原子弹……我们每次去都没有做特别防护。"[5]

---

1 与作者的对谈。
2 与作者的对谈。
3 《一日人生：卡尔·拉格斐，真实与显影》，前引。
4 与作者的对谈。
5 玛丽·奥塔维：《雅克·德·巴谢尔，幕后的花花公子》，前引。

在病榻之前，卡尔坚持传递勇气，克制情绪。作为一个擅长操纵表象的人，他充分调动自己的才华，直到最后都保护着雅克。迪亚娜坚信："卡尔从不让雅克感受这份痛苦。他保护着他……不受任何形式的焦虑困扰。"[1]简直难能可贵，"卡尔是一位君子"[2]。

症状突然缓解，仿佛易碎的幸福。雅克有机会出院去卡尔家待几天。那是一幢别墅，位于巴黎附近的塞纳河畔勒梅。他在那里可以重新呼吸到乡间的新鲜空气，远离封闭病房的潮湿蒸汽。迪亚娜回想："当时情况很复杂，不过就这么决定了。我觉得雅克一开始很开心。后来，他病况严重，我认为医院更能令他安心……"[3]

雅克接受命运，风光不减。病入膏肓时，他还有力气给母亲阿梅勒变戏法。侄儿侄女们又见证了一场好戏，看他顺着命运之势翩然旋转起舞。托马·德·巴谢尔说："因为疾病，他皮肤上长了很多斑点。他母亲几乎每天都来医院，给他带佩德里容神父出品的一款名叫'回弹'的产品。她把产品敷在他的斑点上，然后贴上氧化锌胶布……有一次，她离开后，雅克调皮地把胶布贴到没有斑点的地方。第二天，他母亲来了，惊呼奇迹发生。而他很清楚自己得的是不治之症。"[4]

雅克·德·巴谢尔这时已经病入膏肓，他周围的人陪着他熬过最后的痛苦时光。不离不弃的迪亚娜·德·博沃-克拉翁当时也在场，陪他到最后。"最后，最能缓解雅克痛苦的，就是离去。"[5]去世时，他享年三十八岁。他成功把自己活成了一件光芒四射的艺术品，一道温和而友善的目光十八年来支持着他。"在内心深处，他应该希望自己的才华获得认同。如果活下来，我觉得他会在某一时刻改变方向，他会投入一生

---

1 玛丽·奥塔维：《雅克·德·巴谢尔，幕后的花花公子》，前引。

2 与作者的对谈。

3 与作者的对谈。

4 与作者的对谈。

5 与作者的对谈。

来创作。"[1]格扎维埃·德·巴谢尔设想道。1989年9月3日，雅克带着卡尔的哪个词、哪句话上路？没有人会知道。

雅克坚持要和毛绒玩具小熊一起火化。这一次，卡尔无法撕下这一页。在整个人生中，这或许是他第一次让步。次日，人们在巴黎举行宗教葬礼，卡尔则在塞纳河畔勒梅组织了一场弥撒。一次终极献礼，仿佛一封告别信，寄信者是一个从来不会参加葬礼的人。

然后，雅克的母亲将他的一部分衣物交给了卡尔。"雅克死后，她整合了贝利叶城堡中的大部分业务，并归还给卡尔。她觉得这些本都属于他。除了两只手表和一块浮雕玉石，卡尔都托付给了我们这些侄儿……"[2]托马说。

与卡尔分享不安情绪的，除了迪亚娜还有一位女性，就是刚刚丧子的阿梅勒·德·巴谢尔。他们会定期书写很长的信。卡尔在大学路为她留了一个房间，且定期请她来看自己的时装秀。他年年都不忘雅克的逝世纪念日，还会送花给她。作为知情者和知音，他们隐秘地维持着关于雅克的回忆。

---

1 与作者的对谈。
2 与作者的对谈。

时装设计师和英国女王

　　喷水池里持续的水花溅落声，具有催眠的效果，被叽叽喳喳的鸟鸣有规律地打断。天空呈现出海军蓝色。1990年6月，刚刚开启的午后时光看起来风光大好。一场细雨就可能毁掉这场聚会，因为"18世纪乡村风格"的室内装潢远未完工，这时带宾客们参观城堡内部不会成为一件赏心乐事。而花园的状况相反，正是最美的时候。一束束花、一顶顶阳伞，簇拥着一张精致诱人的冷餐台，台上的花色小蛋糕和马卡龙被摆成金字塔的形状，放在阴凉处避开了暴晒。精心挑选出的贵宾们和卡尔一起耐心等待。

　　早些时候，一个想法在图卢兹-洛特雷克的外甥孙贝特朗·迪·维尼奥的脑中萌生。"20世纪80年代末，在让-路易·德·福西尼-吕桑热亲王的请求下，我参与组织了英国女王伊丽莎白在法国的私人旅游，特别是布列塔尼之行。我觉得把卡尔·拉格斐介绍给她认识会很有趣。卡尔立刻同意为她开放格朗尚城堡及花园。卡尔本就对历史悠久的王室光环心生向往，他很高兴能够接待这位做过末代印度女皇的女性君主。"[1]

伊丽莎白会在下午快结束时前来喝茶。由于是一次私访，一切从简。卡尔曾一度打算邀请媒体，贝特朗·迪·维尼奥阻止了他。"这是一趟严格意义上的私人旅游，整个过程应该始终是友好而亲密的。"[2]他向卡尔解释道。此外，女王陛下前往卡尔宅邸所选择的路线是完全保密的。

卡尔显然惯于和国王、王妃打交道，不过这次的接待对象非比寻常。"他还是很有触动的。我帮他做了一些准备，建议他跟女王介绍自家的花园、花卉、城堡，不要提他的下一场时装秀……但其实他很清楚这些……"[3]

不久前，贝特朗·迪·维尼奥向女王介绍过卡尔·拉格斐其人及其作品，还有她即将参观的城堡历史。"她对各种城堡和教堂建筑非常感兴趣，某种爱意将她与法国连接起来。"[4]然而，她不知道自己只能看到格朗尚城堡的外观，也就是外墙和庭园。

卡尔在栅栏前等候。片刻过后，远处的风景里隐约显现出一小支车队。"女王的出场永远少不了一些令人印象深刻的东西。六七辆汽车、警察、摩托车手……带着隆重而威武的派头。永恒的英国驾临了。"[5]他回想道。伊丽莎白从黑色戴姆勒中走出。贝特朗·迪·维尼奥陪同导览。卡尔按照礼节向她行礼。他不太敢立刻切入对话，宁愿直接带她参观花园。他向她展示水池、花卉、迷宫，以及他午餐后喜欢漫步其间的小树林。庞霍埃特城堡的魅力对女王同样有效。女王初来乍到时轻微的紧张情绪有所缓解，打开话匣表示，她感觉自己仿佛走在玫瑰装裱的画里。他们顺着小路走到冷餐台旁，当地市政官员在那里恭候，准备以英

1 与作者的对谈。
2 与作者的对谈。
3 与作者的对谈。
4 与作者的对谈。
5 与作者的对谈。

式传统礼仪接待女王：茶会。运气不错，女王没有表达出想走进建筑物的意愿。

一盏盏瓷质茶杯前，交谈开始了。担忧古迹损坏的伊丽莎白，看到格朗尚城堡和庭园都维护得如此之好，喜笑颜开。贝特朗·迪·维尼奥说："突然，从万里无云的纯净天空，吹来一阵强风，发出震耳欲聋的轰鸣，将一把遮阳伞连根拔起。安保人员惊跳起来，所有人都以为爆发了自然灾害。"[1]所有人，除了伊丽莎白，她坐在原位，不动声色，交谈继续进行。遮阳伞终于被人重新安置好。听到女王开玩笑说，这次突发事件让她享受到了"起立致敬"的大礼，大家的情绪才冷静下来。之后，伊丽莎白离开了。"我毫不怀疑，对女王来说，这次接待给她留下了非常特别的回忆。"[2]贝特朗·迪·维尼奥表示。卡尔在那一瞬间战栗了。女王竟然如此沉着冷静，他似乎深深敬服。说到底，这也不稀奇，她在战争时期经历过空袭，再也没什么能吓到她。

十二年前母亲过世，这座布列塔尼城堡便被卡尔闲置了。接下来是巴黎的那家私人旅馆，然后是其他地方、公寓和收藏。巴黎和摩纳哥之间的这些新欢移走了他的注意力。这片大庄园被交给两名门卫管理：皮拉尔和拉斐尔。不过，在卡尔内心深处，他从未放弃过最初的计划，这个计划也属于雅克。一座附属建筑物被改造成巨型图书馆和健身房。卡尔希望将故事进行到底。或许可以把这里改造成基金会。于是，他请来一名建筑师，发起新一轮工程，打算建起一片侧翼，将可居住面积翻倍。建筑图纸画好了，甚至按比例尺做出了一件大模型。

虽然有这样干劲十足的全新开局，事情却最终无果。这项计划被彻底放弃，愿望不再。

---

1 与作者的对谈。
2 与作者的对谈。

冰冷之星

他说他爱20世纪90年代，这段时期他拓宽了业务，宣传推广全开，分身有术，无处不在。"必须与世界同在。在自己家，同时融入全球。这很适合我。哪怕我的梦想不被任何人看见，也必须投身于此。很遗憾，表象都是虚假的。"[1]现实却略有不同。

因为这些年始终阴云密布。1997年11月22日，法国电视二台的《13时日报》策划了一个选题，关于被迫关停部分业务的两位时尚设计师：克洛德·蒙塔纳和卡尔·拉格斐。"两年累计损失1亿法郎（超过1500万欧元），总营业额勉强达到4000万法郎（600万欧元），经营拉格斐品牌的旺多姆集团选择关门大吉，约五十名雇员失业。"[2]记者索菲·梅塞尔称。

自从十三年前卡尔·拉格斐同名服装品牌成立，已经几易其手，东

---

1 让-弗朗索瓦·凯尔韦昂：《我只是个雇佣杀手》，《周四时事周刊》，1997年12月4日至10日。
2 《13时日报》，索菲·梅塞尔，法国电视二台，1997年11月22日。

家换了好几轮：莫里斯·比德曼、科拉–雷维永、登喜路，再是旺多姆集团。卡尔那厢不停改革康邦街上的香奈儿，这厢已成定局：拉格斐的个人身份无法带动市场影响力。贾妮·萨梅特表明："我看过卡尔·拉格斐品牌所有的时装秀，实在很出色。大量的白衬衫外加黑套装，略显男性化的女性形象……更加分的是，他总有媒体相随。只是做不起来，目标客户没有跟过来，就像香奈儿把客源截住了一样。"[1]

难道他注定永生永世与可可·香奈儿这样个性极其鲜明的靠山绑定？拉格斐抵触自己担任老板或者变成老板的可能性，这等于是在现实中演绎权威形象。他需要把自己设定为一名完全自由的创造者。在他看来，KL品牌的所有人才该为这次失败负责。"他们没学会像香奈儿或芬迪那样充分利用我，就这么简单。"[2]于是，他摆脱了跟自己合不来的大集团，收回了自己的名字。"我只好重新开始，自己在蒙特卡洛与其他几名合伙人一起创办公司，毕竟说到底，我已经当了十六年摩纳哥公民。"[3]

他的品牌次年复活，驻扎在巴黎左岸中心区域的塞纳路上，化作拉格斐画廊及一间门店，既是销售网点也是他个人世界的展览空间。在此，他可以尽情标榜个人品位及独立性，混搭着推出一系列服饰、藏品和书籍。然而，还是要回到同一个问题：卡尔内心深处是否真的执着于炫耀和开发自己的名字？樊尚·达雷解释道："人们只知道他是香奈儿和芬迪的艺术总监。这似乎主要是出于义务而非选择。需要约模特儿试穿时，他先去香奈儿，再去蔻依，然后才去拉格斐，安排在路线最后。他常对我说，他不喜欢把自己的名字挂在一家店的招牌上，他觉得这样

1 与作者的对谈。
2 《13时日报》，索菲·梅塞尔，法国电视二台，1997年11月22日。
3 同上。

很俗气。说到底，他不喜欢把自己太当回事。他在其他品牌麾下时玩得更欢。"[1]还要再等好几年，他的形象才终于能够独立存在，保证自有品牌成功运营。

同年，除了这些困难，旺多姆集团也让蔻依和他解约。20世纪80年代初，他接手香奈儿，经历了一段复杂的磨合期后，没落的蔻依再次聘请他。不过，后来他又被保罗·麦卡特尼[2]年仅二十五岁的女儿斯特拉顶替。

他的人生中开始不停经历各种分离，这些或私人或职场的分离似乎令他不堪重负。"卡尔不再出门。他养成习惯在家里完成约拍，直到很晚。他身边总是同一伙人，一帮工作伙伴。"[3]樊尚·达雷回忆说。卡尔用一连串屏障藏住新增的赘肉：墨镜、折扇和越来越宽敞的衣服。黑色高领搭配深色套装。"我开始穿Matsuda、Comme des Garçons和Yohji Yamamoto，从原来的小号，逐渐变到中号，从中号再到大号，然后是加大号。"[4]

在这摇曳不止的世界里，他再一次埋头书海，找到了方向。他敬仰的法国女诗人卡特琳·波兹，曾是保罗·瓦莱里[5]的情妇，分手后饱受孤独感折磨。她有一句诗或许能让卡尔产生共鸣："我的心离开了我的故事。"[6]雅克离世后，他的缺席会无限延续。卡尔爱上了另一句话，来自

1 与作者的对谈。

2 保罗·麦卡特尼（1942—），英国摇滚乐队披头士成员之一。

3 与作者的对谈。

4 让-克洛德·乌德里和卡尔·拉格斐：《拉格斐的饮食计划》，罗贝尔·拉丰出版社，2002。

5 保罗·瓦莱里（1871—1945），法国诗人，主要作品有《旧诗稿》《年轻的命运女神》《幻美集》等。

6 卡特琳·波兹：《莨菪胺》，《最崇高的爱》，伽利玛出版社，"诗歌"系列，2002。

画家保罗·克利[1]。他经常引用这句话，它与波兹的诗遥相呼应："我历经一切，爱过一切，品味一切，而如今的我，是冰冷之星，热情熄灭。"[2]他把这句话当成了座右铭。

这段时期，拉格斐对工作的投入空前绝后，开启了如痴如狂的创作节奏，画稿、时装秀和摄影作品层出不穷，仿佛只要敷抹足够厚实的油膏，伤疤就能消失不见。头发变白，他也并不染色。他反倒宁愿加强白色，开始在头上扑爽身粉。昂首前进，告别过去。

他在雅克死后购入的豪华德国别墅，在经历了七年的改造工程之后，被他脱于。这座别墅形似希腊神殿，建于20世纪20年代，坐落在布兰克内瑟高地之上，也就是卡尔从小熟悉的汉堡富人区。别墅内设天井，正面建有多根立柱，一道巨型楼梯是主要入口，外有高墙围拢，树木环抱。卡尔可以在别墅里看易北河上的船只，无人能注意到他。当年那个对未来满怀信心的少年所感受到的声响和气味，在这里重新浮现。他准备独自走两步路下楼，去茶室里写信。

为纪念雅克，他把它命名为雅哥别墅。它主要承担了陵墓的功能，致敬他们共同的计划：活在另一个时代的终极尝试，与他的国家、他的历史完成和解。他借鉴达姆施塔特工业大学的造型，同时参考建筑师布鲁诺·保罗与理查德·里默施密德[3]的理论，并非纯粹为再次还原那个消失的氛围：两次世界大战之间的德国。他也希望重建往昔布景：那个父母生活其间、自己生于斯长于斯的环境。他让人挂上长长的透光材质窗帘，效仿自己第一座豪宅的装饰风格。他在诸多中欧风格的家具上并排摆放奥托、伊丽莎白以及雅克的肖像。他本来可以买回汉堡自家的旧宅

1 保罗·克利（1879—1940），德国画家。

2 安娜-弗洛朗斯·施米特和里夏尔·贾诺里欧：《我是个雇佣兵》，《费加罗夫人》2014年10月3日。

3 理查德·里默施密德（1868—1957），德国建筑师、设计师，新艺术运动时期德国青年派的重要代表人物，涉猎的艺术领域包括绘画、建筑及家具设计。

或者巴特布拉姆施泰特庄园，不过这两处房产早已消失不见。

这项回顾过去的练习显然并不简单，毕竟他在老家只睡过几夜而已。他说有一晚，一阵风吹过薄纱窗帘，远处船只的汽笛声传来，他从这些响动中辨认出了自己父母的说话声。[1]在客厅庄严的维也纳吊灯之下，他突然体会到时间的流动。如何忘记战争？他现在知道自己的梦早已彻底灰飞烟灭，唯有摄影可以恒久保留，可以寻回那个梦。离开别墅前，他用多张底片封存了它的样貌，永世不忘。他是否始终因为祖国的恶行而怀有负罪感？无论如何，和解是不可能的。离开雅哥别墅之举，等于签字画押，和德国就此别过，或许也意味着一个可能性：终有一天他会走出这些哀悼情绪。

1999年6月21日，他出售了格朗尚城堡。为实现儿时愿景耗费的二十五年时光，他说抛就抛。

他也出售巴黎的家具。巴黎马提尼翁大道上，佳士得拍卖行新址的九间展厅向公众开放，展示枝形大烛台、带有帏盖的床、路易十五花瓶、一百把座椅，面向大学路的佳士得入口大厅还展出了海神尼普顿金像。卡尔心血来潮决定举办一场大型拍卖会，三百八十九套拍品很快运往摩纳哥。预计成交额为1.7亿法郎（2500万欧元），最终收入不到2000万欧元。当年的媒体报道都在探究是什么原因让拉格斐急于脱手自己的日常装饰品。"拍卖会结束后，时装设计师始终保持沉默。不过，他在此前曾做出解释，声称已然厌倦路易十五、路易十六、渴望转移重心，专注于日本极简主义。目前还盛传一种更为庸俗的解释，鉴于他近期被勒令补税2亿法郎（3000万欧元)。他申报自己定居摩纳哥，而税务部门指证他在自己名下的多处法国住所居留。"[2]樊尚·诺斯在发表于

---

1 《长沙发》，前引。

2 樊尚·诺斯：《拉格斐藏品：毫无章法的拍卖》，liberation.fr，2000年5月2日。

liberation.fr的文中写道。最终，卡尔与税务部门达成协议，终止了这场纷扰。[1]

大学路私人旅馆变化很大。原来不少古董家具、红色锦缎、深色地毯都被他清理转卖。往后，一张桌子、一把椅子、一张长沙发足矣。严守一切从简的生存原则，大片的纯白色表面构成了纯净的空间。他迷恋的都是当代设计大师：菲利普·斯塔克、布鲁莱克兄弟、马克·纽森。他自行卸下那些负担，免得再被它们拽回过去。正如时装秀的开场，他采用了崭新的思维模式，比往常更显激进。他不仅甩掉了格朗尚城堡的老石头和18世纪的巴黎陈设，也对自己的知识进行了拣选，选择性地忘掉那些过去时光的证明。

---

1 参见拉法埃尔·巴凯：《生存本能》，《多面卡尔·拉格斐 5/6》，《世界报》2018年8月25日。

变身

卡尔不喜欢镜中自己的身影。"我想：不行，这个老爷爷我受够了。"[1]他当自己的评审，对自己发出警告："如果你想继续现在的事业，就必须换一个全新的形象。时代变了，你也有必要改变。如果任其发展，你只会变成自己的劣质仿造品。别患得患失了，节食吧。你想穿眼前看到的这些衣服，但就凭你现在这样，这些衣服在你身上只会风度尽失。"[2]弗朗西斯·韦贝尔回忆起这段微妙的过渡期："卡尔体重过高，他深受其苦。他极端的爱美之心尤其受伤，这种爱美之心可以归结为某种焦虑，也属于尊严的一部分。他希望自己外形体面，无论发生什么。"[3]

约会地点定在巴黎十六区的弗朗德兰大道上，旁边就是王妃门。擅长顺势疗法、植物疗法的营养专家让-克洛德·乌德里在摆满艺术品的

1 佩皮塔·杜邦：《卡尔·拉格斐：最贵要数我为了让自己的皮肤看起来不像福图尼设计的裙褶而买的乳霜》，《巴黎竞赛画报》2002年11月21日。
2 让-克洛德·乌德里和卡尔·拉格斐：《拉格斐的饮食计划》，前引。
3 与作者的对谈。

白色办公室里接待了大名鼎鼎的时装设计师。英式木质书架上陈列着真皮精装的专业书籍，房屋正中的白色扶手椅相当显眼。卡尔面对医生坐下。医生嘴唇上方蓄着大大的棕色胡须，两边上翘。第一次接触相谈甚欢。"他对我说：'医生您早，我是您前一任医生负责的病人。'我回答：'没错。您还有一份档案。'"[1]乌德里医生说。然后，卡尔·拉格斐透过墨镜凝视医生，问对方是否知道他是谁。医生后来坦言："我有点儿惭愧，其实，我把他跟另一个做衣服的人搞混了。我对他说：'听着，我知道您是一位时装设计大师，但我并不真的了解您……'"[2]听到这回答，卡尔既不泄气也不恼火，耐心跟医生说明一切。乌德里回忆道："……他开始向我讲述自己早年的经历。他说他出生在德国北部，母亲是个有趣的人，既充满想法又极其严厉，从他小时候起她就把他当成大人对待。他还告诉我他为什么来巴黎……半小时后，他问我：'那您呢，您是怎样的人？'于是我也照做，向他讲述了自己的人生，花了大概十来分钟。"[3]卡尔·拉格斐结束了这次会谈，他希望先考虑考虑再做决定。这次来访超乎医生预料，更像朋友间的讨论而非问诊。"他有智慧、阅历丰富，所以不轻信。他需要自己和未来选定的治疗者之间互生好感，彼此信任。"[4]医生表明。

几天过后，他们重新约在弗朗德兰大道。这次卡尔向让-克洛德·乌德里坦承了促使自己前来问诊的原因。他感觉身体状况不好，认为自己太胖。"我觉得在一名外省公证员的身体里住着一位巴黎时装设计大师的灵魂。"[5]他还总结道："希望您能使我的外形与我真实的身份恢复一致。"[6]专家表示，他将有必要奉行"饮食重组"。他必须减重

1 与作者的对谈。

2 与作者的对谈。

3 与作者的对谈。

4 与作者的对谈。

5 与作者的对谈。

6 《一日人生：卡尔·拉格斐，真实与显影》，前引。

四十多公斤。不过，起步期能减十公斤就够了。乌德里声称："我理所当然地说明了一些禁忌，也列出了必须做的事项。他听得很不耐烦，请我去跟他的厨师们说明一切。"[1]

2000年11月1日，卡尔·拉格斐启动了一项饮食计划，并制定了和五线谱一样严密的规则。他的员工记下了医生口述的菜谱。永别了，热狗、可丽饼、香肠。卡尔开始瘦身，变成他自己所说的"法西斯式律己者"[2]。"必须把自己当成入伍新兵，对自己发号施令。自己既是军官又是士兵。"[3]他的斗志很旺，绝不容许丝毫懈怠。他要不惜一切代价达成目标。让-克洛德·乌德里说："他的普鲁士精神发挥了作用：规则就是规则，一切都要按章执行。"[4]"举个例子，他请人来家里吃饭，厨师给他上的是他自己那份，其他人则在他面前大吃酱汁浓郁的菜肴、肥美的鹅肝……他强迫自己服从既定规则。"[5]乌德里甚至要防止他用力过猛。"他已经做好了饿死的准备，这既不合乎计划，也没有必要，完全不该这么做。"[6]早上八点吃早餐，中午一点吃午餐，晚上八点吃晚餐。早晨是两片面包和半只柚子。晚上是四季豆和带壳水煮蛋，外加几种天然食品补充剂。卡尔有时会把吃进去的东西吐几口出来……"这样能尝到味道，而没有卡路里。"[7]十五分钟肌肉锻炼，每周三次。他尽量避免外出旅行和在城中用餐。"每次邀请我吃午饭，他自己都提前吃过了……他什么都不碰。"[8]"他对食物毫无兴趣。其实，卡尔本就不是一

---

1 与作者的对谈。

2 玛丽昂·鲁杰里：《卡尔·拉格斐秀出新身材》，《ELLE》杂志2002年11月。

3 让-克洛德·乌德里和卡尔·拉格斐：《拉格斐的饮食计划》，前引。

4 《一日人生：卡尔·拉格斐，真实与显影》，前引。

5 与作者的对谈。

6 与作者的对谈

7 让-克洛德·乌德里和卡尔·拉格斐：《拉格斐的饮食计划》，前引。

8 《一日人生：卡尔·拉格斐，真实与显影》，前引。

个贪恋美食的人。他的一切，不管是态度，还是个性，都表明他对生活小事漠不关心。"[1]贾妮·萨梅特回忆道。

在这样的节奏下，饮食计划产生了奇迹般的效果。卡尔喜不自胜，给乌德里医生发了一些简短留言，类似"我又减了这么多"。十三个月内，他减重四十三公斤。这太多了。自然而然地，有些人开始说他病了，还有一些人说他去抽脂了。卡尔光是想到手术都满心反感，却也任由外界搬弄是非。他常常很高兴地表示自己变成了衣服架子。"我们从记者的立场出发，这样的他让我们录影更愉快。他很自在，我们能感觉到他健康、幸福、如鱼得水。"[2]时尚记者维维亚娜·布拉塞尔表示。

卡尔·拉格斐换下了宽大的日式服装，为了展现纤细的身形，开始尝试衣服与配饰的多种搭配。乌德里目睹了他的衣着改造。"我看到他穿牛仔裤，腰带上有巨大的环扣，戴很多戒指，戒指上好像都是骷髅头……"[3]"看到自己越来越瘦，发现自己能穿进去的衣服，就连那些比他小三十岁的助理都穿不下，他心情就会很愉快。"[4]医生还回想起，有一天就诊，卡尔穿着一件由迪奥新一代艺术总监赫迪·苏莱曼设计的标志性收腰西装外套，整个人喜笑颜开。"您看到我穿的这件衣服了吗？"[5]

卡尔心中的火焰似乎重新被点燃。樊尚·达雷也察觉到这一点。"突然之间，他改变了生活方式，开始重新现身于各种聚会和晚宴。"[6]他拥有了新的社交圈，也就是赫迪·苏莱曼的小圈子。卡尔被年轻人环绕，在家里举办晚会。他给让-克洛德·乌德里送去一幅小画，上面画着瘦身前后的自己，附上文字"谢谢医生"。

---

1 与作者的对谈。

2 与作者的对谈。

3 《一日人生：卡尔·拉格斐，真实与显影》，前引。

4 与作者的对谈。

5 与作者的对谈。

6 《一日人生：卡尔·拉格斐，真实与显影》，前引。

卡尔也并未放弃自己最爱的事情。他整个人被压在书山之下，试图给它们编目，建的书架也越来越大，好阻止这些散放的书四处蔓延。一旦有可能，他就把整段时间投入到阅读中。波舒哀[1]和圣西蒙当然是必读的，他也会读维勒贝克[2]或漫画。他虽然画地为牢闭门读书，却也不肯错过任何新鲜事。他也很热衷于时兴的最新数码产品，会在自己的时装秀收场时像模特儿一样登台走秀，并公开此次惊艳变身所采用的食谱。减肥食谱这样的琐事引发所有人议论纷纷，这正中他下怀。这样更便于他隐匿自己沉重的一面。"我丝毫不计较外界印象是否符合我真正的模样，那太无聊了，我不想沽名钓誉。"[3]他在一次与贝尔纳·皮沃的访谈中坦言。后者试图在访谈中了解他真才实学的智者属性如何能与名利场上的肤浅形象兼容。"卡尔·拉格斐这个人，与其说他是高级定制大师，不如说他是高级文化大师。"[4]热爱书籍的女性观察者达妮埃尔·希利安–萨巴捷犀利点评。

此后，他开始戴露指皮手套这一新配饰，遮住双手。在他身上再也看不到年龄的迹象。每天早晨，他盘桓于自己纯白的卧室、浴室和更衣室之间，花上数小时装扮自己的"傀儡"——他本人创造了这样几近精神分裂的说法。乳霜、干性洗发喷雾、低马尾、墨镜、高领白衬衫、收腰西装外套、多枚戒指和胸针、镜子——他通过这样一套消磨时间的固定仪式，日复一日筑起盔甲，锁住内心情绪，重新打起精神直面残酷的世界。这套造型其实是卡尔深思熟虑的结果。他参考了最爱的电影之一——《卡里加里博士的小屋》，故事里有一个令人不安的梦游者被用

1　波舒哀（1627—1704），法国天主教神学家、教会政治家。著有《世界史讲话》《通信集》等。
2　维勒贝克（1956—），法国小说家，主要作品有《一个岛的可能性》《地图与疆域》《基本粒子》等。《地图与疆域》获2012龚古尔文学奖。
3　《两个我》，前引。
4　与作者的对谈。

作傀儡。而卡尔本人，既是傀儡，又是傀儡师。精神支配着身体，同时又受制于身体僵硬的边界，以防情绪决堤或过于感性的真情流露。他需要绝对掌控一套全新的操作模式，或许也是最激进的模式。

外形上，卡尔完成了"减负"。审美上，他选择度过一段纯白时期。然而，傀儡连着一根隐秘的线，遥遥牵扯出一段很久以前的故事，他的往事。实际上，他把不停为品牌做的努力也用到了自己身上。他在着装中融入了自己各个历史时期引人注目的全副武装元素：除了20世纪60年代中期开始佩戴的墨镜、参考18世纪风格的低马尾和扑粉白发，硬质白色高领不仅效仿了母亲欣赏的人物——瓦尔特·拉特瑙和凯斯勒伯爵，更致敬了雅克·德·巴谢尔经久不衰的老派时髦感。卡尔对此毫不讳言：他的形象并非无中生有，而是一系列演变的结果。其实，他选择的外形悄悄出卖了他：那些旧时光从未被他遗忘，他对它们的记忆隐秘、忠实、始终如一。外在形象得到美化，自己的过去就能长存。

他对当代设计的热爱虽然貌似突如其来，却并不新鲜。20世纪60年代中期，大学路35号在彻底改造成艺术装饰派风格之前，是一片纯白的空间；意大利设计师乔·科隆博设计的皮质扶手椅引人注目地摆在客厅里。此外，在前一阵的拍卖中，并不是所有拍品都成功找到下家。几只蓝色花瓶被剩下了，卡尔当场宣称他决定凑合自用。"我最终打算留下它们，因为它们很贴合现代风格的室内设计。"[1]他的私人旅馆里也有几个房间没有清空。他让它们保持原状，留作来宾客房。所以，18世纪并没有全灭。他的童年也还在，可谓奇事一桩。他在自己家里精细地还原了儿时在德国住的房间，从而留住了童年。

自从父亲去世、母亲移居法国，儿时的这套室内家具就跟着他从一个公寓搬到另一个公寓，仿佛是他隐秘自我的焦点、内心深处身份认同

---

1 《卡尔·拉格斐满意拍卖结果》，文章未署名，liberation.fr，2000年5月4日。

的盲区。"他很少打开这个房间。"[1]樊尚·达雷说,"我们会进去很快转一圈,略感拘束,看看四周……有一张床头桌,上面摆着一支蜡烛,还有一张小小的单人床。一切都让人觉得好像走进了维克多·雨果的家……"[2]他儿时画画用的桌子和那些安乐椅也都在。有时,他会在小床前稍坐片刻。樊尚·达雷补充道:"我不敢想象那时他会想些什么。这里或许是他的减压舱,或许他可以变回一个孩子,或许一些白天被他压抑的想法会在这时冒出来。"[3]对于这条连接他早年生活的奇异纽带,既没必要赞叹,也没必要向他求一个解释。"有点儿疯,不过,卡尔常常把很多匪夷所思的事情看得稀松平常。"[4]前任助理樊尚·达雷总结道:"他反对精神分析,他很擅长分析自己。他很会填补裂痕。"[5]也就是说,他压根儿用不着心理医生的长沙发。面对弗洛伊德精神分析学说,他表现出缄默抵抗的态度,背后隐藏着一股个人的恐惧。每当被问到这个问题时,他的回答几乎大同小异:"弗洛伊德的学生露·安德烈亚斯·莎乐美在给她的情人也就是诗人莱内·马利亚·里尔克写的信中谈及精神分析,'永远别做,它会磨灭创造力!'"[6]对想要继续艺术生命的人来说,躺在长沙发上的风险太大了:拉格斐可能要牺牲艺术才能控制精神。换句话说,就算潜意识存在,也没有多神秘。"我母亲常说,如果人能诚实地面对自己,就会清楚问题和答案。而我甚至不会向自己提问。"[7]从那以后,他总能轻易甩脱精神分析的桎梏,在一场场采访中不停援引生命中最重要的女性的话语,至高无上的创造力始终完好无损。

---

1 与作者的对谈。
2 《一日人生:卡尔·拉格斐,真实与显影》,前引。
3 与作者的对谈。
4 与作者的对谈。
5 与作者的对谈。
6 安妮-塞西尔·博杜安和伊丽莎白·拉扎鲁:《卡尔·拉格斐,天生巨星》,前引。
7 同上。

家喻户晓的花花公子

卡尔·拉格斐借助于精心演绎的新形象，变得更加特立独行。利落的黑白造型让他化作行走的标志。语感绝妙的时装设计师卡尔，这样概括自己的一生："年轻时，我想成为讽刺漫画家。最后，我活成了一幅讽刺漫画。"[1]卡尔不再是跟在加布丽埃勒·香奈儿身后的影子选手。偌大的巴黎城中，四处张贴着绘有卡尔纤长身影的巨型海报，已经有一段时日了，不过无人料到接下来的那场变革。

2004年11月12日早上，新闻频道放出的画面全都在描述一件事：成衣巨头 H&M 各家分店门前，都排着上百人的队伍，一个人接一个人，等待着。这家瑞士品牌首次与时尚界名人联名合作，就选中了卡尔。卡尔设计了整个联名系列，约有三十件"珍藏级"单品。店门一开，客人们全疯了。联名系列发售首日，各个分店的抢购情景闻所未闻。只要几十欧元就能买到一件拉格斐，机会难得。此时，与卡尔挂钩的媒体形象

1 吉耶梅特·富尔：《我去巴黎政治学院听了卡尔的大师公开课》，《世界报杂志M》2013年11月29日。

更偏向于艺术家而非时装设计师，买下他设计并署名的衣服，就成了吸取他部分艺术气质从而提升品位的一种渠道。

这场营销行动过后，有些东西发生了变化。曾经被视为高高在上、遥不可及的拉格斐，很快变得家喻户晓。阿妮塔·布里耶察觉到这一改变。"我来自勃艮第。原来回老家，我说起他，得到的回应都是'哦……卡尔·拉格斐？是吗？'不过现在，我可以向您保证，从那一天起，有人对我说：'对啦！就是那个低马尾，就是 H&M 嘛！'这次合作可以说是爆炸级了……"[1]

他又一次洞察时代趋势，并顺应潮流：远在天边的七十一岁摇滚明星，突然近在眼前，变得可爱又亲民，简直有点儿类似父亲、大哥或理想中的朋友。无论是在巴黎、米兰还是迪拜，只要他走上街头必然有人凑近。埃尔韦·莱热表示："年轻人疯狂崇拜他，想拍到他的照片，问他要签名。而他顺应游戏规则，很高兴能取悦年轻一代，并表示：'和我同一时代的所有人都讨厌我，这帮年轻人至少对我还挺有好感。'"[2]他可以毫不厌倦地反复诉说，他偶尔在巴黎街头漫步，会有一些来自郊区的年轻人把他拦住，他们非常爱他。

记者们争相报道他一针见血的名句。他的冷峻自嘲屡试不爽，正如他自己所说："我是盆栽，不是花瓶。"[3]政治正确声浪越高，他在立场选取上也越发离经叛道，毫无顾忌，甚至不怕掀起一些群体的不满。走秀的模特儿太瘦了？"没有人愿意在T台上看到圆滚滚的女人。说苗条的模特儿丑的，是那些坐在电视机前拿着一包薯片的胖女人。时尚是梦

---

1 《一日人生：卡尔·拉格斐，真实与显影》，前引。

2 与作者的对谈。

3 奥雷莉·拉亚和卡罗琳·托桑：《巨星卡尔》，《巴黎竞赛画报》2007年9月9日。

想和幻觉。"[1]动物因为皮毛惨遭折磨？"水貂是一种非常凶猛且憎恨人类的野兽。"[2]金句如雨。人们记录、汇编。通过这些字句，人们仿佛听到了伊丽莎白的声音，她也不怎么"政治正确"。

记者们在卡尔举办的私人沙龙上惊奇地发现，他私下里为人极其真诚，毫不伪装，体贴迷人。卡尔会亲手送上附带简短赠言的巨大花束来表达谢意，他也喜欢准备礼物。维维亚娜·布拉塞尔说："有一次在他家里采访，结束后，已经很晚了。沙发上有一只香奈儿迷你手袋。他对我说：'布拉塞尔女士，我不知道它在这里能做什么……'于是，他把它送给了我，就这样……这很好地体现了他为人有多优雅。他才不需要收买记者。相反，他知道必须怎么做才能逗人开心、讨人喜欢。"[3]冷若冰霜的时尚大帝面具之后，实际上隐藏着一个极其和善、温柔的人。"卡尔极有礼貌，总是非常体贴，随时关心他人感受。他有着美丽的灵魂。他在精神上帮助过很多人，可不光是经济支援。他始终慎重对待他人隐私，守口如瓶。他还擅长点拨，让人在遇到他之后变得更明智。他永远能唤起对方的好奇心。他喜欢连珠炮式的对话，和他对话就像打乒乓球：必须敏捷回应。这样的人很难得，也很迷人。"[4]佩皮塔·杜邦描述道。而在采访中，他有办法让对方不敢纠缠不清。维维亚娜·布拉塞尔说："他的回答方式很独特，冲锋枪般大量输出信息，让人来不及进一步拓展话题。他总能抢占最后的发言权。谁都没他那么会忽悠我们，但我们很高兴被忽悠，被他忽悠……"[5]

和《公民凯恩》一样，卡尔会划定疆界。"禁止擅闯"，他周围的亲信都在维护这一保护机制。切斯卡·瓦卢瓦想不通："为什么要费力

---

1 让-克里斯托夫·纳彼亚斯和帕特里克·莫列斯：《卡尔看世界》，前引。
2 同上。
3 与作者的对谈。
4 与作者的对谈。
5 与作者的对谈。

了解他藏起来、不想让人明白的事情？我们置身事外，有幸接近这个男人，只需要看着他就好，我们喜欢他，不会强迫他说些别的什么。我喜欢包裹着卡尔的迷雾，我没有探明一切的意愿。他展示出来的部分已经足够丰富多彩。"[1]

很少有人主张去衡量那些看起来很像"讲故事"的元素。20世纪60年代末期经历过首批采访之后，卡尔发言变得十分老练，他的个人传奇几乎丝毫未变，其起源都是巴尔干半岛的迷雾，还有能阉割情结而又善于建立秩序的母亲。贾妮·萨梅特设想："我觉得他把母亲脸谱化，制造出一个完全虚假的形象，让她显得自私而苛刻。他编造了自己的故事，把自己身上那些会遭到指责的缺点都归为母亲的作用。他出于羞耻心而创造出她的形象。他从来不会提及母亲真正的面貌，不会比他对父亲的描述更多。"[2]他自己坦然接受这样传奇的构建之说，这能完美贴合他如今隐约呈现出的吸血鬼形象。"我出卖的只是表面。"[3]他宣称："我的人生是一部科幻小说。无论如何，关于我的人生经历，这些人自以为了解的部分和现实之间存在科幻级的差距。现实是另一码事……而且它无趣多了。"[4]长久以来，雅克·德·巴谢尔的故事是谈话大忌。渐渐地，一些表面褪下来，被整合到整体形象当中。帕特里克·乌尔卡德总结道："卡尔像写小说一样构建了自己的传奇。没有虚假情节，一切都经过深思熟虑……当幻想登峰造极，时尚不过是载体，卡尔成了升华版传播学的英雄化身。"[5]

在这场微妙的躲猫猫游戏中，最有代表性的就是他生日的谜团。在这一点上，卡尔简直是神秘艺术专家。"哦不，生日这件事太可怕了。说到底，我甚至都不是九月十日出生的。要想确定到底是1933年还是

---

1 与作者的对谈。

2 与作者的对谈。

3 克里斯托夫·奥诺-迪-比奥：《卡尔·拉格斐看人生》，前引。

4 让-克里斯托夫·纳彼亚斯和帕特里克·莫列斯：《卡尔看世界》，前引。

5 与作者的对谈。

1938年……我的年龄只有我自己能决定。我是跨越世代的人，我的年龄几乎不起任何作用，我摆脱了年龄的束缚。在这件事上，没有人能跟我竞争。"[1]他的公关传媒事务所发布的官方数据是1938年，有些人说是1933年。拉格斐种下了分歧。"处于中间：1935年。我母亲改了日期，改成3或8比较容易……我在她死后才得知，而且不知道她为何要这么做。她人生中出现的各种状况与我们无关。"[2]如果说，当年这则信息不算重要，现在反而产生了作用。迪亚娜·德·博沃–克拉翁解释道："他很早就明白必须为自己树立一个形象，尤其是要制造谜团，引人遐想。而且没有人真正关心卡尔·拉格斐到底是谁。如果能像读一本打开的书一样把他彻底读透，其实会很无聊，所以他有意搅乱行踪。这一切都让他乐不可支，因为这样行得通！"[3]卡尔就像一位魔术师，巧妙转移注意力，让公众看不到玄机所在。

1 西尔维娅·卓里夫和玛丽昂·鲁杰里：《没有过去的男人》，前引。

2 安妮–塞西尔·博杜安和伊丽莎白·拉扎鲁：《卡尔·拉格斐，天生巨星》，
  前引。

3 与作者的对谈。

独自登台

2008年6月5日，星期四，巨型屏幕之下，警卫围栏之外聚集着密密麻麻的人群。法国总统尼古拉·萨科齐和夫人卡拉·布吕尼、贝尔纳黛特·希拉克、贝特朗·德拉诺埃、弗雷德里克·密特朗、马里奥·华伦天奴、约翰·加利亚诺、索尼娅·里基尔、贝尔纳-亨利·莱维和阿里耶勒·东巴勒陆续向皮埃尔·贝尔热行礼，继而登上巴黎圣洛克教堂台阶。伊夫·圣洛朗去世了。这位法国时装设计师的棺材所到之处都有民众热情致敬。

教堂之中，维克图瓦·杜特勒洛的位置被安排在迪奥专属的那一排。她用目光四处搜寻老朋友的踪影。"我在葬礼上没有看到卡尔。他收到卡片了吗？我不清楚。"[1]卡尔十有八九未收到邀请函。不过，如果受邀，卡尔会到场吗？其实，他工作的地点就在圣纪尧姆路上，离会场不远。

众所周知，他反感葬礼。这次缺席标志了他对圣洛朗的最后一次敌对行动。他在这一特定时刻虽表现得很疏远，内心又是怎么想的？他与伊夫·圣洛朗初遇的回忆或许会涌上心头。无忧无虑的那些年，在他的

---

1 《一日人生：卡尔·拉格斐，真实与显影》，前引。

敞篷车上，他带着从阿尔及利亚初来乍到的年轻人环游巴黎，仿佛自己对这座城市了若指掌……在他家里，黎明时分，二人没完没了地长谈，那时皮埃尔·贝尔热还没入圈……他或许会怀念那些年，而非之后的岁月。

因为雅克·德·巴谢尔闯入对方阵营，卡尔与圣洛朗之间隐约的敌对关系，变成针锋相对的大战。"他是他最大的对手。每到时装周，是香奈儿对圣洛朗，而不是迪奥。那唯一强劲的竞争者，需要击败的敌人，就是圣洛朗。"[1]贾妮·萨梅特回忆道。一旦有机会抨击老朋友，卡尔从来都不嘴软。2002年，一名记者问他对于圣洛朗结束职业生涯的决定怎么看，他表示："说实话，和我无关……时代本身在变，而不是因为有人停下了时代才跟着变。这里应有尽有，少一个人也不会影响到谁。不过，我觉得他们很幸运能有汤姆·福特，他做得非常非常棒，成衣方面很出色。所以我为汤姆喝彩。"[2]拉格斐盛赞圣洛朗品牌新上任的设计师的工作成果，提前让老朋友"入土为安"——回应别有用心的攻击有许多方法，而这一种尤为突出。贾妮·萨梅特想起伊夫在一场访谈中对她说的话："'当晚我做了一个奇怪的梦。我梦到自己在巴黎散步，和可可·香奈儿一起。我们突然来到康邦街橱窗前，她和我，我俩看着橱窗，开始哭泣。'是不是特别阴险恶毒？"[3]

伊夫死了，而卡尔还好好活着。二人在刚入行时找的女占卜师算得很准。伊夫的成功迅如闪电，而卡尔的成功是慢慢发生的，但确实也降临了。她提到"件数""倍增"……成衣行业形成后，新的订单大量涌现。各式各样的品牌都看中他的才华，慕名而来请求合作。他设计建筑

---

1 《一日人生：卡尔·拉格斐，真实与显影》，前引。

2 《电视新闻》，格扎维埃·科隆比耶，《巴黎法兰西岛大区午间节目》，2002年1月22日。

3 《一日人生：卡尔·拉格斐，真实与显影》，前引。

空间、眼镜、日历，为辞典画插图，策划广告，并为著名餐厅设计了一款圣诞巧克力劈柴蛋糕。他完成一系列艺术摄影大片；他创立了一家出版社并开设了自己的书店；他设计电影服装、戏剧布景。他坚持不懈。与此同时，他持续效力于香奈儿、芬迪和自有品牌。他的形象在所有载体上得到充分开发和利用。他穿着交通安全的黄马甲摆拍，为动画或电子游戏里的角色配音，在电视上点评王室婚礼。他甚至在让·罗彻[1]的《圣特罗佩》单曲短片中饰演上帝。他能同时操纵多只傀儡。

在左岸的圣日耳曼大道上，离他几处办公地点的不远处，他冠名的商店里陈列出全新的产品系列，都标有他的头像。这家店形同广告，具备"一切卡尔·拉格斐的特质：超越时间、讽刺、精致、酷"。每天，他的品牌都会和消费品巨头发布新的合作项目。他为香奈儿时装秀设计的临时布景被视为偶发艺术，令众人翘首以待，揭幕时全世界都会观看。他为自己十七岁时就梦想入住的克里雍大饭店设计了两间套房。他在巴黎大皇宫的玻璃天棚之下，站在一座以假乱真的埃菲尔铁塔前，接过巴黎市政府颁发的最高级别奖章：镀金之银大奖。

对他来说，时尚是一种实现雄心壮志的方式。儿时的愿景始终如一：成为画家，创造自己的故事，在故事里做一个顺应时代趋势的法国君主。"他创造的人物变得越来越重要，逐渐取代了时装设计师本人。他开始专职当人偶。"[2]坦·朱迪切利概括道。

遥远乡间独自安静作画的那个德国少年变成了什么样的人？生活给他造成的真实创伤到底有多大，让他花了这么长时间来掩盖？维克图瓦·杜特勒洛总结道："他始终是本来的他。他爱过或恨过的一切，不会从他身上流露分毫。"[3]

---

1 让·罗彻，法国歌手，代表作品 *Can you feel it*。

2 与作者的对谈。

3 与作者的对谈。

不留痕迹

卡尔熟读萨特的《文字生涯》，长久以来他都知道，一切源于童年，一切也终将通往童年。"有一天，我变成一个小老头，我会蜷在家里，与家具为伍，沙发、橱柜、安乐椅，还有我伏案写写画画的桌子……我会睡在儿时的床上。墙上挂着同一批画。就算是我母亲因为看腻了才把它们摆到我房间也没关系。我不了解没有它们的人生是什么样的，它们从我出生起便与我相伴，是幼年的延伸，可以说是有感情的。"[1]

眼下，塞纳河上往来的数艘穆什游船闪烁着微光，完全不如伏尔泰堤岸上卡尔新公寓里整夜亮着的灯光耀眼。光线太强，就连公寓的影子都不甚分明。又一个忠于过去之举：卡尔此后要住在这里，与他最早在巴黎住的一些地方只相隔几个门牌号，也离一家传奇酒店不远，瓦格纳[2]和王尔德曾在那家酒店里睡过觉，波德莱尔则在那里写下了《恶

---

1 科隆布·普林格尔：《我讨厌省钱的富人》，《快报》1999年11月11日。

2 瓦格纳（1813—1883），德国作曲家、剧作家，主要作品有《尼伯龙根的指环》等。

之花》。

当晚，还有另一个卡尔·拉格斐，他不管画画还是睡觉都穿着一件长款白衬衫。这样的他，只有猫咪舒佩特习以为常。一个希望随时无懈可击的男人，私下里是多么细心备战，只有舒佩特看到了。"他告诉我，他在睡前尽可能仔细梳头，在夜里也尽可能穿得整洁、好看，万一自己夜间死去，大家也能看到他体面的样子。"[1]青年时期起就与卡尔相熟的好友弗朗西斯·韦贝尔透露。

为了使传奇变成神话，必须完美掌控到底，永远保守私生活的秘密，所以他要效仿爱德华·冯·凯泽林男爵的做法：烧掉他所有的纸质记录以及一切能表明他来过这里的物品。他希望自己的骨灰能与雅克和母亲的骨灰混合在一起。"雅克和我母亲的骨灰一起存放在一个秘密的地方。有一天，那里会加入我的骨灰。不过，我不想办葬礼，什么都不用。一天我来了，一天我离去。无论别人说什么，都无关紧要。"[2]就像丛林野兽，他想要藏起来，销声匿迹，不让任何人找到。他留下的只能是一个轮廓，一道剪影。

谁会接过卡尔·拉格斐的火炬？他并未公开指名任何人继任他在康邦街香奈儿的总监职位。或许要好几个设计师加起来才能抵上他的工作量、毅力和才能。既然他从未打算要小孩，那么谁会成为他的继承人？他常常反复念叨："我最焦虑的事情来自这句我听来的话：'一个父亲一生中最美好的一刻就是他发现自己的儿子是个平凡的人。'我难以苟同。"[3]谁会继承他的财产？舒佩特吗？他有时会宣称这只猫已经变成他本人的外延。它名下自然有个银行账户，每当它被拍摄，特别是被主人

1 《一日人生：卡尔·拉格斐，真实与显影》，前引。
2 玛丽·奥塔维：《雅克·德·巴谢尔，幕后的花花公子》，前引。
3 玛丽安娜·迈雷斯：《卡尔·拉格斐的小圈子》，前引。

拍摄，就能收取酬劳……还是他的亲友？但会是谁呢？毕竟他明确说过自己没有家人在世了。和他生命中的各色摆设一样，他一直在建立一些精挑细选的小圈子，与其被动忍受血缘关系的限制，不如顺应人与人之间的化学反应，即所谓的"亲和力的选择"。在这些遵从内心的亲密关系中，他把男模布拉德·克勒尼希年幼的儿子哈德森认作教子，常常在时装秀结束后牵着他的手向场下致意。到巴黎旅游时，小男孩非要住丽思酒店。"他说：'我不要去默里斯酒店，那里没有泳池。'……有人对他说：'但丽思可贵多了！'他回道：'我付差价总行了吧！'这小子才八岁……"[1]卡尔·拉格斐在电视镜头前讲述这段逸事时，他的态度里隐约流露出一丝自豪：这段小插曲让他想起从前的那个小大人。从前的他，同样无所畏惧。

---

1 《2018年冬季着装》，阿涅丝小姐主持，啦啦啦制片公司制片，卢瓦克·普里让导演，Canal +，2017年5月。

No.73

1983 年，卡尔 · 拉格斐在巴黎自己的家中

189

No.74、No.75
1983 年，卡 尔 · 拉 格 斐 在
香奈儿工作的剪影。No.76、
No.77、No.78 同

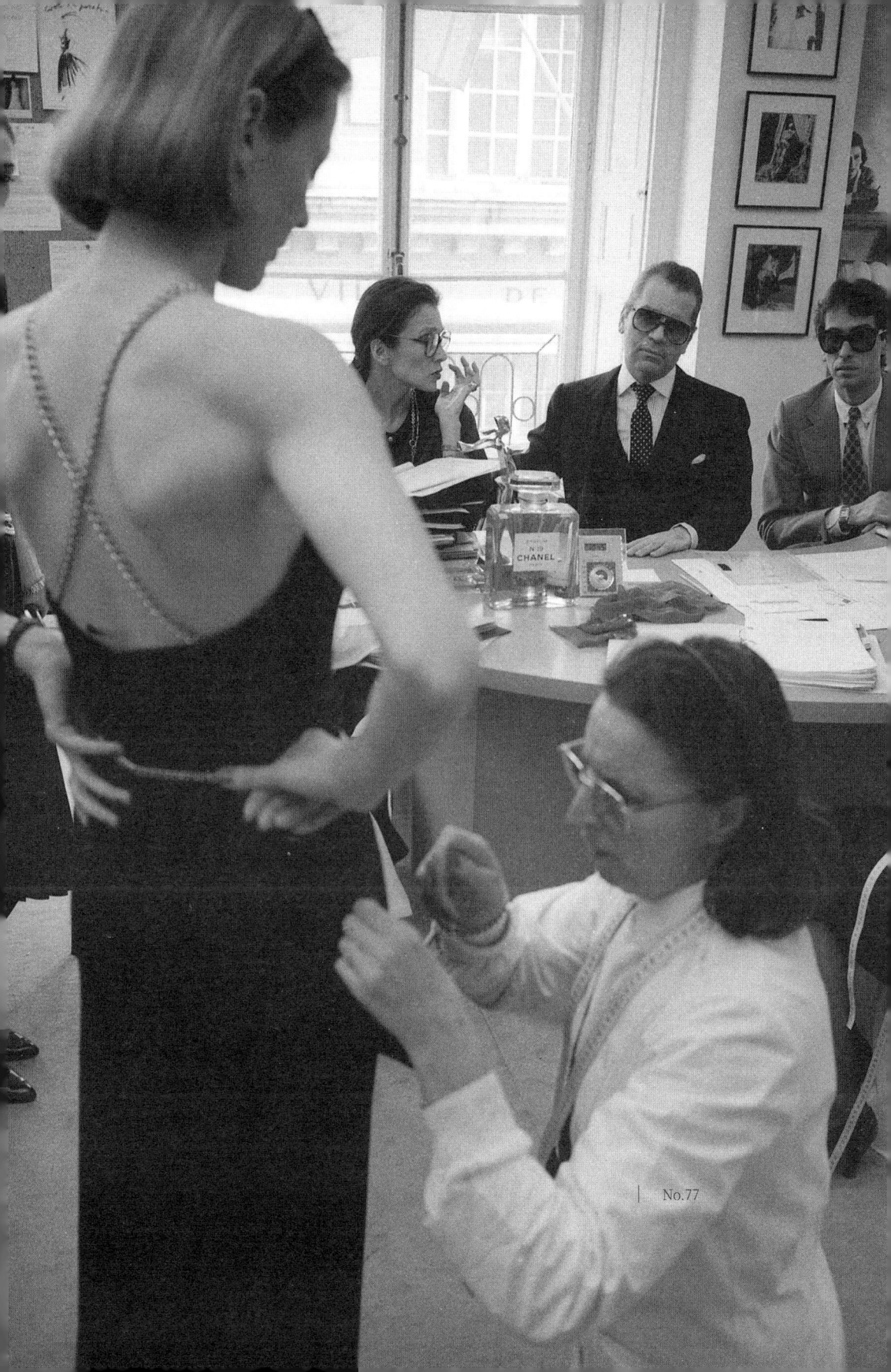

No.77

| No.78

No.79

1984 年，卡尔·拉格斐和两
名模特儿

No.80
卡尔 · 拉格斐和助理吉勒 · 迪
富尔在街上

No.81

卡尔 · 拉格斐和助理吉勒 · 迪
富尔在酒吧喝可乐

No.82
卡尔·拉格斐、吉勒·迪富
尔和模特儿在香奈儿办公室

No.83

1984 年 3 月 27 日，卡尔·
拉格斐在香奈儿秋冬系列发布
会上与模特儿们合影

No.84
摄于 1984 年 6 月 12 日

No.85

1984 年 3 月 28 日，卡尔·

拉格斐和模特儿伊娜 · 德拉

弗雷桑热

No.86

1984 年 7 月, 26 岁的伊娜·
德拉弗雷桑热在卡尔·拉格
斐和吉勒·迪富尔的见证下,
与香奈儿签订了一份为期 7
年的独家合作协议

No.87

1984 年巴黎，卡尔 · 拉格斐、
摩纳哥公主卡罗琳、赫尔穆特 ·
牛顿参加一个活动

No.88

摄于 1985 年

No.89

卡尔 · 拉格斐和杰瑞 · 霍尔

在香奈儿 1985 春夏时装秀上

No.90
1985 年 3 月 16 日，卡尔·
拉格斐和摩纳哥公主卡罗琳
及其丈夫，在摩纳哥蒙特卡洛
体育俱乐部举行的年度玫瑰
舞会上合影

No.91、No.92
1986 年 10 月 9 日,
在 Paloma Picasso
香水发布会上，卡
尔·拉格斐、伊娜·
德拉弗雷桑热与帕
洛马·毕加索合影

No.93、No.94

卡尔·拉格斐与模特儿伊娜·德拉弗雷桑热在蔻依工作室

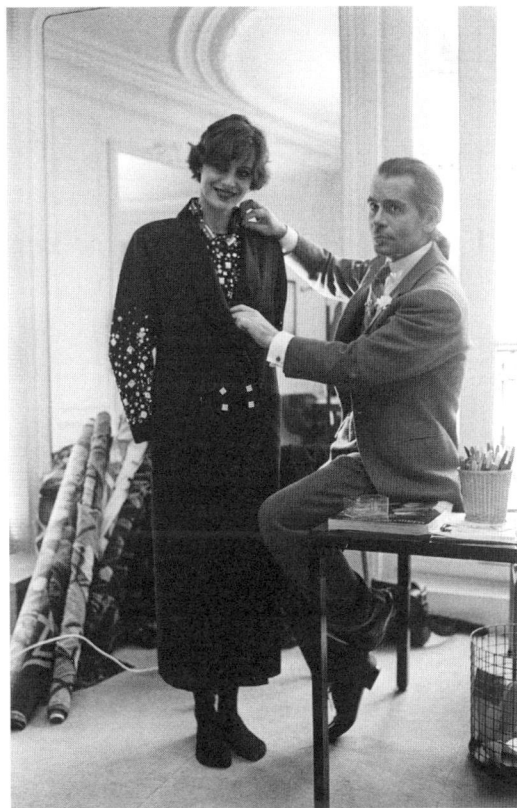

No.95

卡尔·拉格斐与模特儿伊
娜·德拉弗雷桑热

No.96
卡尔·拉格斐与伊娜·德
拉弗雷桑热等模特儿在香奈儿
1988 秋冬系列发布会上

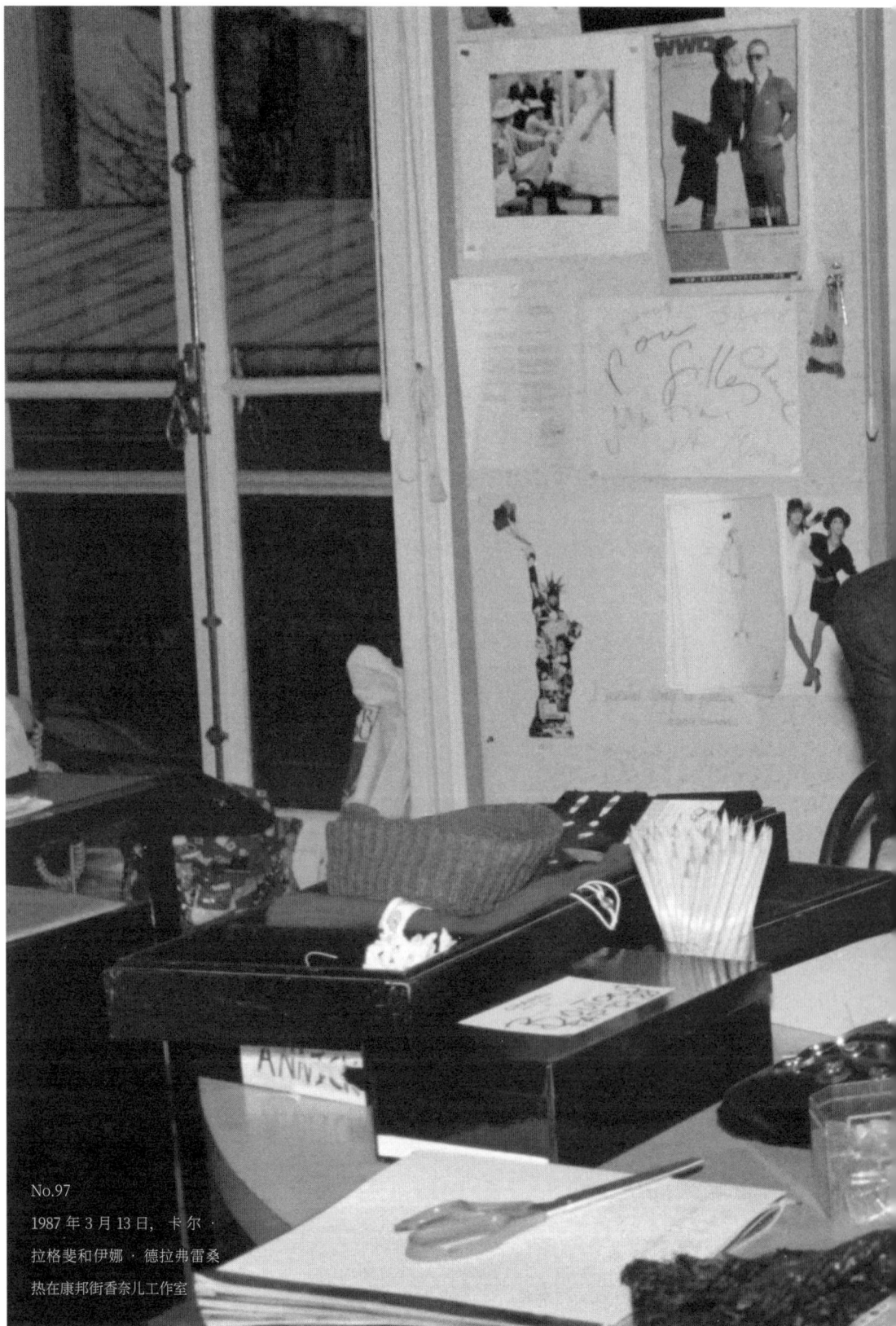

No.97

1987 年 3 月 13 日，卡尔·
拉格斐和伊娜·德拉弗雷桑
热在康邦街香奈儿工作室

No.100、No.101

1988 年 10 月，卡尔 · 拉格
斐在摩纳哥的别墅中。在阳台
上，可以俯瞰蒙特卡洛湾

No.102、No.103

1988 年 10 月，卡尔 · 拉格斐在摩纳哥的别墅中

No.104、No.105

摄于 1989 年 7 月，摩纳哥

No.106
卡尔·拉格斐在后台与模特
儿一起为香奈儿 1989 秋冬时
装秀做准备

No.107

1989 年 2 月，巴黎，卡尔·拉格斐展示低靴

No.108、No.109、No.110、No.111、No.112、No.113、No.114、No.115
香奈儿时装秀

No.116、No.117

1990 年 12 月 29 日，卡尔·拉格斐和安娜·温图尔、琳达·伊万格丽斯塔等人在一起

No.118、No.119

卡尔 · 拉格斐与他的员工和
朋友在德利尼游泳池庆祝

No.120

卡尔・拉格斐在巴

黎自己的家中

No.121

卡尔 · 拉格斐和芬迪五姐妹

No.122
卡尔·拉格斐在汉堡市政厅被市长克劳斯·冯·多纳尼授予联邦十字勋章

No.123

1991 年，卡尔 · 拉格斐庆祝
史努比诞辰 40 周年

1991 年 1 月，卡尔·拉格斐在 Boulakia 画廊举办个人摄影作品展。图为卡尔向《采访》杂志的记者展示他最喜欢的照片

No.125

1993 年，卡尔 · 拉格斐和
《VOGUE》杂志主编安娜 ·
温图尔在第 12 届美国时装设
计师协会大奖上

No.126
1995 年 4 月，卡尔 · 拉格斐
在柏林一家酒店的"拉格斐套
房"中

No.127
1998 年 7 月，香奈儿办公室，模特儿娜奥米·坎贝尔为
卡尔·拉格斐及其助手展示香奈儿 1998/1999 秋冬系列
的黑色衬衫和黑白相间的长裙

后记

　　1884年，雅克·德·巴谢尔最爱的作家若利斯-卡尔·于斯曼在《逆流》中写到主人公德塞森特："他到了里沃利街，就在《加利纳尼信使报》社门前。中间是一道门，毛玻璃的，上面贴了许多告示，还配有带活动底板的镜框，里面是报刊剪报和天蓝色的电报带子，门两边有两个大橱窗，里面摆放着画册和书籍。"[1]卡尔虽比这位虚构人物晚出生了一百三十多年，却一样养成了随时留意这家英国书店的橱窗、隔三岔五进店逛逛的习惯。穿过滑动玻璃门后，他钻进各个书架之间，查看店里专门为他预留的抽屉。熟记他喜好的书商们，会把可能令他感兴趣的书放在一起。他摘下墨镜，有时人们还能看到他轻轻翻动书页。加利纳尼信使书店主理人达妮埃尔·希利安-萨巴捷谨慎地透露："卡尔·拉格斐对一切构成美的事物都感兴趣。诗歌、英国古典文学、美国当代小说、政治杂文、历史、建筑、18世纪艺术装饰派，还有维也纳工坊、摄影、时尚的各种表现形式……他是尼采所谓的'快乐的知识'的完美化

---

1 若利斯-卡尔·于斯曼：《逆流》，前引。

身。在这些领域，他甚至比那些书知道得更多。"[1]他始终保持着一式多份的买书习惯。大家都知道他经常看完书又回到书店，找人详细讨论他发现并罗列的错误。

从书店出来后，他偶尔会在拱廊下稍事停留。里沃利街右边有家店，是他父亲最早批准他买下好几件衬衫的地方，后来他的衬衫就一直由这家店供货：它就是 Hilditch & Key。街对面相隔几个门牌号的地方，里沃利街202号，就是能看到杜伊勒里花园美景的公寓，雅克在那里度过了人生最后的时光。1989年雅克去世后，公寓也一直保持原样不动。卡尔甚至持续在支付房租。这是某些交际圈中口耳相传的又一个传奇。卡尔是否还留有这套公寓的钥匙？他是否会在夜里悄悄进屋，就像20世纪80年代初，他想要最终确定第一个香奈儿时装系列，溜进康邦街总店找灵感？

就算去问卡尔·拉格斐也没用。他会把这个故事当成毛线球，耍得团团转。他要么强势辟谣，要么把它变成一段传奇。

和往常一样，轿车在一旁候命，耐心地等他尽兴而归，提着一堆书，钻进车里。可能要一直等到华灯初上，然后在金色的灯光下驱车离去。毕竟手不释卷、悠然闲逛的他，可是出了名的慢条斯理——不巧，巴黎又是世界上最美的城市。

---

1 与作者的对谈。

致谢

我要在此热烈感谢以下各位，感谢他们持续为我提供必要而宝贵的信任、关注与善意：

法亚尔出版社团队全员。

没有愿意献言的见证者，这部肖像式传记就不会存在。我感谢他们：菲利普·阿吉翁、达尼埃尔·阿尔库夫、托马·德·巴谢尔、格扎维埃·德·巴谢尔、迪亚娜·德·博沃-克拉翁、热尼·百籁、洛朗斯·贝奈姆、汉斯-约阿希姆·布罗尼施、克洛德·布鲁埃、达妮埃尔·希利安-萨巴捷、樊尚·达雷、伯恩哈德-米夏埃多·东贝里、维克图瓦·杜特勒洛、克里斯蒂安·迪迈-勒沃夫斯基、佩皮塔·杜邦、埃莱娜·吉尼亚尔、坦·朱迪切利、科里·格兰特·蒂平、西尔维·格伦巴赫、罗纳德·霍尔斯特、让-克洛德·乌德里、帕特里克·乌尔卡德、西尔维娅·亚尔克、埃尔弗里德·冯·茹阿娜、奥利维耶·拉贝斯、索菲·德·朗格拉德、弗雷德里克·洛尔卡、菲利普·莫里永、帕基塔·帕坎、皮埃尔·帕斯邦、贝特朗·皮津、贾妮·萨梅特、热拉尔迪娜-朱莉·索米耶、高田贤三、切斯卡·瓦卢瓦、贝特朗·迪·维尼奥、卡尔·瓦格纳。

我也要热烈感谢洛朗·德拉乌斯。我当时要为他的"一日人生"系列纪录片编写并导演其中一集，剧集已经由磁电传媒完成制片并在法国电视二台上插放，这本书是我负责的那集内容的延伸。他恰到好处的善意关注为我带来了必不可少的信心。

还要感谢埃尔弗里德·勒卡、马克·贝尔杜戈、塞尔日·卡尔丰、埃尔万·雷雷乌埃、法比安·布舍塞什、萨拉·白里安、索菲·托内利以及加布里埃尔·比蒂、多萝泰·克里尔、萨曼莎·博加尔、埃莉斯·布龙萨特、弗洛里亚娜·吉勒特、雷米·比达拉、皮埃尔·巴里耶、卢多维克·西梅翁。

感谢帕特里克·德·希内提和埃尔韦·莱热，他们的话语在本书的字里行间回响。

作者和出版方还要感谢让–马克·帕里西参与本书的写作。

附录一
参考文献

图书

Laurence Benaïm,*Yves Saint Laurent*,Grasset, 2002.

Werner Busch, *Menzel*, Hazan, 2015.

Victoire Doutreleau, *Et Dior créa Victoire*, Le Cherche Midi, 2014.

Alicia Drake, *Beautiful People*, Denöel, 2008; Gallimard, coll.《Folio》, 2010.

Jean-Claude Houdret, *Le Meilleur des régimes*, Robert Laffont, 2002.

Patrick Hourcade, *La Puissance d'aimer*, Michel de Maule éditeur, 2012.

François Jonquet, *Jenny Bel'Air, une créature*, Pauvert, 2001.

Karl Lagerfeld, *A portrait of Dorian Gray*, Steidl, 2004.

Karl Lagerfeld, *Ein deutsches Haus,*Steidl, 1997.

Karl Lagerfeld, *Parcours de travail*, Steidl, 2010.

Antonio Lopez, *Instamatics*, Twin Palms publishers, 2012.

Alain Montandon (dir.), *Dictionnaire du dandysme*, Éditions Champion, 2016.

Philippe Morillon *Une dernière danse*? *1970-1980, Journal d'une décennia*, Édition 7L, 2009.

Paul Morand, *L'Allure de Chanel*, Gallimard, coll.《Folio》, 2009.

Jean-Christophe Napias et Patrick Mauriès, *Le Monde selon Karl*, Flammarion, 2013.

Marie Ottavi, *Jacques de Bascher, dandy de l'ombre*, Séguier, 2017.

Paquita Paquin, *Vingt ans sans dormir*, Denoël, 2005.

Roger Peyrefitte, *Voltaire et Frédéric II*, Albin Michel, 1992.

Anna Piaggi et Karl Lagerfeld, *Karl Lagerfeld:A Fashion Journal*, New York, 1986.

Paul Sahner, *Karl,* mvg Verlag, 2015.

Janie Samet, *Chère haute couture*, Plon, 2006.

Peter Schlesinger, *A Chequered Past, My Visual Diary of the 60's and 70's*, Thames & Hudson, 2004.

Francis Veber, *Que ça reste entre nous*, Robert Laffont, 2010.

以及

Elizabeth von Arnim, *Elizabeth et son jardin allemand* (1899), Bartillat, 2011.

Honoré de Balzac, *Béatrix*, Gallimard, coll.《Folio classique》, 1979.

Francis Scott Fitzgerald, *Gatsby le Magnifique*, LGF, 1976.

Joris-Karl Huysmans, *À rebours*, Gallimard, coll.《Folio classique》, 1977.

Joris-Karl Huysmans, *Là-bas*, Gallimard, coll.《Folio classique》, 1985.

Eduard von Keyserling, *Été brûlant, in OEuvres choisies-Histoires de château*, Thesaurus/ Actes Sud, 1986.

D. H. Lawrence, *Femmes amoureuses*, Gallimard, coll.《Folio》, 1988.

Paul Morand, *L'Allure de Chanel*, Gallimard, coll.《Folio》, 2009.

Catherine Pozzi, *Très haut amour*, Gallimard, coll.《Poésie》, 2002.

Jean-Paul Sartre, *Les Mots*, Gallimard, coll.《Folio》, 1972.

Evelyn Waugh, *Retour à Brideshead*, Robert-Laffont, coll.《Pavillons poche》, 2017.

Oscar Wilde, *Le Portrait de Dorian Gray*, LGF, 1972.

文字资料

Dominique Brabec,《Un dandy discret》, *L'Express*, 10-16 avril 1972.

Joel Stratte-McClure,《What Karl Lagerfeld Finds in Creation?》, *Herald Tribune*, 14 décembre 1979.

Jacques Bertoin, 《 Karl Lagerfeld, marginal de luxe 》 , *Le Monde-dimanche*, 27 avril 1980.

Hebe Dorsey, 《 Chanel Goes Sexy 》 , *International Herald Tribune*, 19 octobre 1982.

Gérard Lefort, 《 Karl Lagerfeld, le tailleur Chanel 》 , *Libération*, 24 janvier 1984.

Guillemette de Sairigné, 《 Style : le prince Karl 》 , *Le Point*, 12 janvier 1987.

Marie-Amélie Lombard, 《 Karl Lagerfeld : ce que je pense d'Inès 》 , *Le Figaro*, s. d.

M. H, 《 La guerre des boutons 》 , *Le Figaro*, 21 juillet 1988.

Janie Samet, 《 Porte ouverte… Chez 》 , *Le Figaro*, 22 août 1989.

Françoise Lepeltier, 《 Karl Lagerfeld : retrouver l'Europe des Lumières 》 , *Le Figaro*, 6 décembre 1991.

Michel Henry, 《 Les jours et les nuits de Poulet- Dachary 》 , *Libération*, 31 août 1995.

Colombe Pringle, 《 Je déteste les riches qui vivent au-dessous de leurs moyens 》 , *L'Express*, 11 novembre 1999.

Vincent Noce, 《 Collection Lagerfeld : vente décousue», liberation. fr, 2 mai 2000.

《 Karl Lagerfeld ravi de sa vente 》 , article non signé, liberation. fr, 4 mai 2000.

A. T. , 《 DSK-Lagerfeld : présomptions de gros cadeau 》 , *Libération*, 7 juin 2001.

Pepita Dupont, 《 Karl Lagerfeld : Le plus coûteux, ce sont toutes les crèmes que j'achète pour que ma peau ne ressemble pas au plissé d'une robe de Fortuny 》 , *Paris Match*, 21 novembre 2002.

Serge Raffy, 《 Karl le téméraire 》 , *Le Nouvel Observateur*, 1er juillet 2004.

Françoise-Marie Santucci et Olivier Wicker, 《 Lagerfeld, mercenaire de la provocation 》 , 13 novembre 2004.

Marianne Mairesse, 《 Le petit monde de Karl Lagerfeld 》 , *Marie-Claire*, 1er juillet 2005.

Marie-Claire Pauwels, 《 Karl le magnifique 》 , *Le Point*, 7 juillet 2005.

Aurélie Raya et Caroline Tossan, 《 A star is Karl 》 , *Paris Match*, 9 septembre 2007.

Loïc Prigent, 《Partir à Paris avec Karl Lagerfeld》, *Air France magazine*, décembre 2007.

Sylvia Jorif et Marion Ruggieri, 《L'homme sans passé》, *Elle*, 22 septembre 2008.

Françoise-Marie Santucci et Olivier Wicker, 《Lire…la chose la plus luxueuse de ma vie》, *Libération*, 22 juin 2010.

Bayon, 《Karl Lagerfeld, entre les lignes de Keyserling》, *Libération*, 6 novembre 2010.

Virginie Mouzat, 《Un déjeuner chez Karl Lagerfeld à Paris》, *Le Figaro*, 20 août 2011.

Sylvia Joriff, 《Vis ma vie de Karl Lagerfeld》, *Elle*, 16 mars 2012.

Cédric Morisset, 《Dans le vaisseau amiral de Karl Lagerfeld》, *AD*, 5 juin 2012.

Olivier Wicker, 《Karl Lagerfeld se livre. Une interview exclusive pour le magazine *Obsession*》, *Le Nouvel Observateur*, 23 août 2012.

Christophe Ono-Dit-Biot, 《La vie selon Karl Lagerfeld》, *Le Point*, 1er novembre 2012.

Anne-Cécile Beaudoin et Élisabeth Lazaroo, 《Karl Lagerfeld, l'étoffe d'une star》, *Paris Match*, 25 avril 2013.

Olivia de Lamberterie, 《Je sais dessiner, lire, parler, et c'est tout》, *Elle*, 27 septembre 2013.

Guillemette Faure, 《J'y étais… à la master class de Karl à Sciences Po》, *M Le magazine du Monde*, 29 novembre 2013.

Anne-Florence Schmitt, Richard Gianorio, 《Je suis un mercenaire》, *Madame Figaro*, 3 octobre 2014.

Richard Gianorio, 《Karl Lagerfeld : "Je suis au- delà de la tentation"》, *Madame Figaro,* Lefigaro. fr, 28 juin 2015.

Loïc Prigent, 《Karl Lagerfeld, l'inoxydable》, *Les Échos week-end*, 16 octobre 2015.

Élisabeth Lazaroo, 《Fendi et Karl fêtent leurs noces d'or》, *Paris Match*, 8 juillet 2015.

Élisabeth Lazaroo, 《Karl Lagerfeld : Brigitte Macron a les plus belles jambes de Paris》, *Paris Match*, 21 juillet 2017.

音频和影像资料

Karl Lagerfeld et Yves Saint Laurent jeunes couturiers. magazine féminin, produit par Maïté Célérier de Sannois. RTF, 7 janvier 1955.

《Des dessous discutés》, *Dim Dam Dom*, ORTF, réalisé par Rémy Grumbach, produit par Daisy de Galard, 12 mai 1968.

《Mode : styliste Karl Lagerfeld》, journal de 13 heures, ORTF, 27 avril 1970.

《Mode Chanel》, journal télévisé de 20 heures, Isis Lamy et Jacques Chazot, ORTF, 22 juillet 1970.

Treffpunkte Lagerfeld, SWR, 17 juillet 1973.

《Collection Chanel》, *Aujourd'hui, la vie*, Marie-José Lepicard, réalisé par Ado Kyrou, Antenne 2, 11 mars 1983.

Gaumont Pathé archives, 25 octobre 1984.

Portrait, Jean-Louis Pinte, Stefan Zapasnik, réalisé par Pierre Sisser, produit par Denys Limon et Claude Deflandre, FR3, 23 janvier 1987.

Bains de minuit, présenté par Thierry Ardisson, réalisé par Franck Lords, produit par Thierry Ardisson et Catherine Barma, La Cinq, 4 mars 1988.

Journal de 13 heures, William Leymergie et Patricia Charnelet, Antenne 2, 18 mars 1988.

Journal de 13 heures, Sophie Maisel, France 2, 22 novembre 1997.

Journal télévisé, Xavier Collombier, Midi Paris ÎledeFrance, 22 janvier 2002.

Lagerfeld confidentiel, réalisé par Rodolphe Marconi, produit par Grégory Bernard, 24 octobre 2007.

Double je, produit et présenté par Bernard Pivot, réalisé par Bérangère Casanova, France 2, 27 février 2003.

Karl Lagerfeld, un roi seul, collection 《Empreintes》, réalisé par Thierry Demaizière et Alban Teurlai, produit par Éléphant et Falabracks, France 5, 3 octobre 2008.

Karl Lagerfeld : Le Grand Entretien, François Busnel, France Inter, 23 novembre 2012.

Karl se dessine, réalisé par Loïc Prigent, produit par Story Box, Arte, 2 mars 2013.

Le Divan, Marc-Olivier Fogiel, France 3, 24 février 2015.

Yves Saint Laurent, Karl Lagerfeld : une guerre en dentelles, collection 《Duels》, réalisé par Stephan Kopecky, produit par Et la suite… !, France 5, 1ᵉʳ janvier 2015.

《1983 : Inès de la Fressange devient l'égérie exclusive de la maison Chanel》, *Moment fort de mode*, Fashion network, 13 août 2014.

Un jour, un destin : Karl Lagerfeld, être et paraître, collection documentaire de Laurent Delahousse, réalisé par Laurent Allen-Caron, produit par Magnéto Presse, France 2, 19 février 2017.

附录二

人名对照表

A

abbé Perdrigeon　佩德里容神父

Alban Teurlai　阿尔邦·特赖

Alicia Drake　阿莉西亚·德雷克

Anita Briey　阿妮塔·布里耶

Anna Piaggi　安娜·皮亚姬

Anne-Cécile Beaudoin　安妮-塞西尔·博
杜安

Anne-Florence Schmitt　安妮-弗洛朗斯·
施米特

Anne-Marie Poupard　安娜-玛丽·普帕尔

Annick Cojean　阿尼克·科让

Anténor Patiňo　安特诺尔·帕蒂尼奥

Antonio Lopez　安东尼奥·洛佩兹

Arielle Dombasle　阿里耶勒·东巴勒

Armelle de Bascher　阿梅勒·德·巴谢尔

Aurélie Raya　奥雷莉·拉亚

B

Bayon　巴永

Benjamin Millepied　邦雅曼·米莱皮耶迪

Bérangère Casanova　贝朗杰尔·卡萨诺瓦

Bernadette Chirac　贝尔纳黛特·希拉克

Bernard Pivot　贝尔纳·皮沃

Bernard-Henri Lévy　贝尔纳-亨利·莱维

Bernhard-Michael Domberg　伯恩哈德-米
夏埃尔多·东贝里

Bertrand Delanoë　贝特朗·德拉诺埃

Bertrand du Vignaud　贝特朗·迪·维尼奥

Bertrand Pizzin　贝特朗·皮津

Bouroullec　布鲁莱克

Bossuet　波舒哀

Brad Kroenig　布拉德·克勒尼希

Brigitte Macron　布丽吉特·马克龙

Bruno Paul　布鲁诺·保罗

C

Catherine Pozzi　卡特琳·波兹

Caraceni　卡拉切尼

Carla Bruni　卡拉·布吕尼

Caroline Tossan　卡罗琳·托桑

Carolyn Sargentson　卡罗琳·萨詹森

Cédric Morisset　塞德里克·莫里塞

Cheska Vallois　切斯卡·瓦卢瓦

Chloé　蔻侬

Choupette　舒佩特

Christian Dior　克里斯汀·迪奥

Christian Dumais-Lvowski　克里斯蒂
安·迪迈-勒沃夫斯基

Christian Louboutin　克里斯蒂安·卢布坦

Christophe Ono-Dit-Biot　克里斯托夫·奥
诺-迪-比奥

Claude Brouet　克洛德·布鲁埃

Claude Montana　克洛德·蒙塔纳

Coco Chanel　可可·香奈儿

Colette　科莱特

Colombe Pringle　科隆布·普林格尔

Cora-Révillon　科拉-雷维永

Corey Grant Tippin　科里·格兰特·蒂平

D

Daisy de Galard　黛西·德·加拉尔

Daisy de Pless　黛西·德·普勒斯

Daisy Fellowes　黛西·费洛斯

Dani　达尼

Daniel Alcouffe　达尼埃尔·阿尔库夫

Danielle Cillien-Sabatier　达妮埃尔·希利
安-萨巴捷

Des Esseintes　德塞森特

Denys Limon　德尼·利蒙

Diane de Beauvau-Craon　迪亚娜·德·博
沃-克拉翁

Diderot　狄德罗

d'Alembert　达朗贝尔

Dominique Brabec　多米尼克·布拉贝克

Donna Jordan　唐娜·乔丹

Dorothée Bis　多萝泰·比斯

Dorothée Creel　多萝泰·克里尔

Dunhill　登喜路

Durtal　杜塔尔

Dunand　杜南德

E

Edwige Belmore　埃德维热·贝尔莫尔

Eduard von Keyserling　爱德华·冯·凯
泽林

Elfriede Leca　埃尔弗里德·勒卡

Elfriede von Jouanne　埃尔弗里德·冯·
茹阿娜

Elisabeth Lagerfeld　伊丽莎白·拉格斐

Élisabeth Lazaroo　伊丽莎白·拉扎鲁

Élise Bronsart　埃莉斯·布龙萨尔

Elizabeth von Arnim　伊丽莎白·冯·阿尼姆

Elvis Presley　埃尔维斯·普雷斯利

Emmanuelle Khanh　艾曼纽勒·康

Erwan L'Éléouet　埃尔万·雷雷乌埃

F

Fabien Boucheseiche　法比安·布舍塞什

Fabrice Emaer　法布里斯·埃马尔

Félix Marcilhac　菲利克斯·马西亚克

Fendi　芬迪

Floriane Gillette　弗洛里亚娜·吉勒特

Fontana　丰塔纳

Fortuny　福图尼

Francis Veber　弗朗西斯·韦贝尔

François Busnel　弗朗索瓦·比内尔

François Mitterrand　弗朗索瓦·密特朗

Françoise-Marie Santucci　弗朗索瓦丝-玛丽·圣图奇

Fragonard　弗拉戈纳尔

Frédéric Mitterrand　弗雷德里克·密特朗

Frédérique Lorca　弗雷德里克·洛尔卡

G

Gabriel Buti　加布里埃尔·比蒂

Gabrielle Chanel　加布里埃勒·香奈儿

Gaby Aghion　加比·阿吉翁

Garbo　嘉宝

Géraldine-Julie Sommier　热拉尔迪娜-朱莉·索米耶

Gérard Pipart　热拉尔·皮帕

Gilles de Rais　吉勒·德·雷

Grace Jones　格蕾丝·琼斯

groupe Vendôme　旺多姆集团

Guillemette de Sairigné　吉耶梅特·德·赛里涅

Guillemette Faure　吉耶梅特·富尔

Guy Laroche　姬龙雪

H

Hans-Joachim Bronisch　汉斯-约阿希姆·布罗尼施

Hebe Dorsey　赫柏·多尔西

Hedi Slimane　赫迪·苏莱曼

Hélène Guignard　埃莱娜·吉尼亚尔

Helleu　海勒

Helmut Newton　赫尔穆特·牛顿

Henning August von Arnim-Schlagenthin　亨宁·奥古斯特·冯·阿尼姆-施拉根廷

Henri-François de Breteuil　亨利-弗朗索

瓦·德·布勒特伊

Hervé L. Leroux　埃尔韦·L.勒鲁

Hervé Léger　埃尔韦·莱热

Hubert de Givenchy　于贝尔·德·纪梵希

Hudson　哈德森

I

Iggy Pop　伊基·波普

Inès de la Fressange　伊娜·德拉弗雷桑热

Isis Lamy　伊西斯·拉米

J

Jacques Bertoin　雅克·贝尔图安

Jacques Chazot　雅克·夏佐

Jacques de Bascher de Beaumarchais　雅
克·德·巴谢尔·德·博马歇

Jacques Wertheimer　雅克·韦特海默

Jacqueline Chambon　雅克利娜·尚邦

Janie Samet　贾妮·萨梅特

Jean Cocteau　让·科克托

Jean Patou　让·巴杜

Jean Roch　让·罗彻

Jean-Christophe Napias　让-克里斯托夫·
纳彼亚斯

Jean-Claude Houdret　让-克洛德·乌德里

Jean-Claude Poulet　让-克洛德·普莱

Jean Cocteau　让·科克托

Jean-François Kervéan　让-弗朗索瓦·凯
尔韦昂

Jean-Louis Pinte　让-路易·潘特

Jean-Marc Parisis　让-马克·帕里西

Jean-Paul Gaultier　让-保罗·戈尔捷

Jenny Bel'Air　热尼·百籁

Jérôme Pelos　热罗姆·佩洛斯

Jerry Hall　杰瑞·霍尔

Jessica Lange　杰西卡·兰格

Joe Colombo　乔·科隆博

Joël Le Bon　若埃尔·勒·邦

Joris-Karl Huysmans　若利斯-卡尔·于
斯曼

John Galliano　约翰·加利亚诺

Joseph Conrad　约瑟夫·康拉德

K

Karl Lagerfeld　卡尔·拉格斐

Karl Wagner　卡尔·瓦格纳

Katherine Mansfield　凯瑟琳·曼斯菲尔德

Kenzo Takada　高田贤三

L

Lalanne　拉兰纳

la Païva　拉·派瓦

Lady Mendl　门德尔夫人

Lassurance　拉叙朗斯

Laure de Beauvau-Craon　洛尔·德·博沃-克拉翁

Laurence Benaïm　洛朗斯·贝奈姆

Laurent Allen-Caron　洛朗·阿朗-卡龙

Laurent Delahousse　洛朗·德拉乌斯

Loïc Prigent　卢瓦克·普里让

Loulou　露露

Lou Andreas Salomé　露·安德烈亚斯·莎乐美

 Ludovic Simeon　卢多维克·西梅翁

M

Madame Riccoboni　里科博尼夫人

Madame de Staël　斯太尔夫人

Mademoiselle Agnès　阿涅丝小姐

Marc Berdugo　马克·贝尔杜戈

Marc-Olivier Fogiel　马克-奥利维耶·福吉尔

Marc Newson　马克·纽森

Marianne Mairesse　玛丽安娜·迈雷斯

Marie Ottavi　玛丽·奥塔维

Marie-Amélie Lombard　玛丽-阿梅莉·隆巴尔

Marie-Claire Pauwels　玛丽-克莱尔·保韦尔斯

Mario Valentino　马里奥·华伦天奴

Marion Ruggieri　玛丽昂·鲁杰里

Marlene Dietrich　玛琳·黛德丽

marquis de Cuevas　奎瓦斯侯爵

Martha Christiane　玛尔塔·克里斯蒂亚

Mary Annette Beauchamp　玛丽·安妮特·比彻姆

Marie-Josée Nat　玛丽-若斯·纳特

Maurice Bidermann　莫里斯·比德曼

Michel Henry　米歇尔·亨利

Michel Riguidel　米歇尔·里基戴尔

Michèle　米谢勒

Michael Haneke　迈克尔·哈内特

Mick Jagger　米克·贾格尔

Mishka　米什卡

Misia Sert　米西亚·赛特

N

Neyret　内雷

Nina Ricci　莲娜丽姿

O

Olivia de Lamberterie　奥利维娅·德·朗贝特里

Olivier Labesse　奥利维耶·拉贝斯

Olivier Wicker　奥利维耶·威克

Oskar Schlemmer　奥斯卡·施莱默

Otto Christian Ludwig Lagerfeld　奥托·克里斯汀·路德维希·拉格斐

路易·德·福西尼-吕桑热亲王

princière Grimaldi　格里马尔迪亲王

princesse Daisy　黛西公主

P

Paquita Paquin　帕基塔·帕坎

Pat Cleveland　帕特·克利夫兰

Patricia Charnelet　帕特里夏·沙尔纳莱

Patrick de Sinety　帕特里克·德·希内提

Patrick Hourcade　帕特里克·乌尔卡德

Patrick Mauriès　帕特里克·莫列斯

Paul Morand　保罗·莫朗

Paul Morrissey　保罗·莫里西

Peter Krauss　彼得·克劳斯

Pepita Dupont　佩皮塔·杜邦

Philippe Aghion　菲利普·阿吉翁

Philippe Morillon　菲利普·莫里永

Philippe Starck　菲利普·斯塔克

Pierre Balmain　皮埃尔·巴尔曼

Pierre Barillet　皮埃尔·巴里耶

Pierre Bergé　皮埃尔·贝尔热

Pierre Cardin　皮尔·卡丹

Pierre Passebon　皮埃尔·帕斯邦

Pierre Sisser　皮埃尔·西塞尔

Pilar　皮拉尔

Pozzo di Borgo　波佐·迪·博尔戈

prince Jean-Louis de Faucigny-Lucinge　让-

R

Rainer Maria Rilke　莱内·马利亚·里尔克

Rainer Werner Fassbinder　赖纳·维尔纳·法斯宾德

Raphaëlle Bacqué　拉法埃尔·巴凯

Rémy Bidarra　雷米·比达拉

Rémy Grumbach　雷米·格伦巴赫

Richard Gianorio　里夏尔·贾诺里欧

Robert Wiene　罗伯特·维内

Roland Karl　罗兰·卡尔

Ronald Holst　罗纳德·霍尔斯特

Rostand　罗斯丹

S

Samantha Baugard　萨曼莎·博加尔

Sarah Briand　萨拉·白里安

Saint-Simon　圣西蒙

Serge Khalfon　塞尔日·卡尔丰

Serge Raffy　塞尔日·拉菲

Sonia Rykiel　索尼娅·里基尔

Sophie de Langlade　索菲·德·朗格拉德

Sophie Maisel　索菲·梅塞尔

Sophie Tonelli　索菲·托内利

Sissi　茜茜

Stanley Kubrick　斯坦利·库布里克

Stefan Zapasnik　斯特凡·扎帕希尼可

Stella　斯特拉

Stephan Kopecky　斯特凡·科佩基

Sylvia Jahrke　西尔维娅·亚尔克

Sylvia Jorif　西尔维娅·卓里夫

Sylvic Grumbach　西尔维·格伦巴赫

T

Tan Giudicelli　坦·朱迪切利

Thea　特亚

Thierry Demaizière　蒂埃里·德迈齐埃

Thierry Le Luron　蒂埃里·勒·吕龙

Thierry Mugler　蒂埃里·穆勒

Thomas de Bascher　托马·德·巴谢尔

Timwear　蒂姆维尔

Tom Ford　汤姆·福特

Toulouse-Lautrec　图卢兹-洛特雷克

V

Victoire Doutreleau　维克图瓦·杜特勒洛

Vincent Darré　樊尚·达雷

Vincent Noce　樊尚·诺斯

Virginie Mouzat　维尔日妮·穆扎

Viviane Blassel　维维亚娜·布拉塞尔

W

Wcstphalic　威斯特法伦

William Leymergie　威廉·莱麦尔吉

X

Xavier Collombier　格扎维埃·科隆比耶

Xavier de Bascher　格扎维埃·德·巴谢尔

Xavier de Castella　格扎维埃·德·卡斯
泰拉

Y

Yves Mathieu-Saint-Laurent　伊夫·马蒂
厄-圣洛朗

Yves Mourousi　伊夫·穆鲁西

附录三

地名对照表

Alcazar 阿尔卡扎餐厅

Algérie 阿尔及利亚

Avenue Foch 福煦大街

avenue Montaigne 蒙田大道

Avenue Matignon 巴黎马提尼翁大道

Bad Bramstedt 巴特布拉姆施泰特

Bar des Théâtres 剧院酒吧

Bains Sainte-Anne 圣安娜澡堂

Bissenmoor 毕森摩尔

Blankenese 布兰克内瑟

boulevard Flandrin 弗朗德兰大道

boulevard Saint-Germain 圣日耳曼大道

Bourgogne 勃艮第

brasserie Lipp 力普啤酒馆

Bretagne 布列塔尼

café de Flore 花神咖啡馆

cathédrale Notre-Dame-Immaculée 圣母无染原罪教堂

Cinémathèque française 法国电影资料馆

Cour Carrée 卡利庭院

Concorde 协和广场

Crillon 克里雍大饭店

Elbe 易北河

Esplanade 滨海大道

Factory de New York 纽约"工厂"

Grand-Champ 格朗尚（城堡）

Grand Palais 巴黎大皇宫

hôtel de Soyecourt 索阿古旅馆

hôtel George-V 乔治五世酒店

Kiel 基尔

la Berrière 贝利叶城堡

La Coupole 圆顶餐厅

la cour d'honneur 荣誉庭院

La Main bleue 蓝掌

La Maison du caviar 鱼子酱餐厅

le Bronx 布朗克斯酒吧

Le Champo 商博良电影院

le Colony 殖民地酒吧

Le Fiacre 四轮马车夜总会

le Mail 槌球林荫道

le Mée-sur-Seine 塞纳河畔勒梅

le Palace 皇宫夜总会

le Sept　7号店

l'Étoile　星形广场

l'église Saint-Roch,　圣洛克教堂

l'école de Darmstadt Darmstadt　达姆施塔特工业大学

Maxim's　马克西姆餐厅

Meurice　默里斯酒店

Mée-sur-Seine　塞纳河畔勒梅

MonteCarlo　蒙特卡洛

Montparnasse　蒙帕尔纳斯

Montreuil　蒙特勒伊

Neuschwanstein　新天鹅堡

Nuage(club homosexuel)　同志俱乐部"云"

Opéra Bastille　巴士底歌剧院

Palais-Royal　巴黎皇家宫殿

Penhoët　庞霍埃特（城堡）

piscine Deligny　德利尼游泳池

porte Dauphine　王妃门

quai Voltaire　伏尔泰堤岸

Roche-Guyon　拉罗什吉永（城堡）

rocher de Monaco　摩纳哥岩

Roccabella　罗卡贝拉

Roches Noires　黑岩酒店

Roquebrune-Cap-Martin　罗克布吕讷-卡普马丹

rue Bonaparte　波拿巴路

rue Cambon　康邦街

rue de l'Université　大学路

rue de Maubeuge　莫伯日街

rue de Rennes　雷恩街

Rue de Rivoli　里沃利街

rue de Tournon　图尔农街

rue du Dragon　龙街

rue du Faubourg-Montmartre　蒙马特尔市郊路

rue du Vieux-Colombier　老鸽棚街

rue Sainte-Anne　圣安娜街

rue Saint-Guillaume　圣纪尧姆路

Ritz　丽思酒店

Saint-Sulpice　圣叙尔皮斯（广场）

Saint-Tropez　圣特罗佩

Saint-Germain-des-Prés　圣日耳曼德佩区

Schleswig-Holstein　石勒苏益格-荷尔斯泰因

Starnberg　施塔恩贝格（湖）

Strasbourg　斯特拉斯堡

tailleur Dorian Gray　多里安·格雷裁缝店

Theâtre des Ambassadeurs　大使剧院

Trouville　特鲁维尔

Tuileries　杜伊勒里花园

Vannes　瓦讷

Versailles　凡尔赛宫

Vigie　维吉

villa Jako　雅哥别墅

《LE MYSTÈRE LAGERFELD》by Laurent ALLEN-CARON
© Librairie Arthème Fayard 2019
CURRENT TRANSLATION RIGHTS ARRANGED THROUGH DIVAS INTERNATIONAL, PARIS
巴黎迪法国际版权代理

著作权合同登记号：图字 18-2019-302

图书在版编目（CIP）数据

卡尔·拉格斐传 /（法）洛朗·阿朗-卡龙
（Laurent Allen-Caron）著；叶蔚林译 . — 长沙：湖
南文艺出版社，2020.1
　　ISBN 978-7-5404-9366-0

Ⅰ.①卡… 　Ⅱ.①洛… ②叶… 　Ⅲ.①卡尔·拉格斐
（1933-2019）—传记 　Ⅳ.①K835.165.72

中国版本图书馆 CIP 数据核字（2019）第 243606 号

上架建议：时尚·传记

KAER LAGEFEI ZHUAN
卡尔·拉格斐传

作　　者：［法］洛朗·阿朗-卡龙
译　　者：叶蔚林
出 版 人：曾赛丰
责任编辑：薛　健　刘诗哲
监　　制：于向勇　秦　青
策划编辑：刘　毅
特约编辑：王莉芳
文字编辑：王晓芹
营销编辑：刘晓晨　刘　迪　初　晨　王　凤　段海洋
版权支持：姚珊珊　辛　艳
版式设计：李　洁
封面设计：格局视觉
图片提供：视觉中国
出　　版：湖南文艺出版社
　　　　　（长沙市雨花区东二环一段 508 号　邮编：410014）
网　　址：www.hnwy.net
印　　刷：北京中科印刷有限公司
经　　销：新华书店
开　　本：700mm×995mm　1/16
字　　数：214 千字
印　　张：19
版　　次：2020 年 1 月第 1 版
印　　次：2020 年 1 月第 1 次印刷
书　　号：ISBN 978-7-5404-9366-0
定　　价：88.00 元

若有质量问题，请致电质量监督电话：010-59096394
团购电话：010-59320018